로큰롤, 발 없는 새가 되다

DECA MEDIA

로큰롤, 발 없는 새가 되다 1

초판 1쇄 2025년 11월 25일

지은이 경우勁雨 · **발행인** 김정수 · **고문** 이종주
발행처 데카미디어 · **출판등록** 2025년 4월 17일
주소 서울시 영등포구 당산로 214 · **E-mail** tradejjang0@gmail.com
유통 · 판매 관리 (주)행운사 · **Tel** (031)901-1137 · **FAX** (031)901-4140
E-mail luckybogo222@naver.com · luckybogo222@daum.net

ISBN 979-11-7513-075-3 (1권)
ISBN 979-11-7513-074-6 04810 (세트)

로큰롤,
발 없는
새가 되다
경우勁雨 현대 판타지 장편소설
1

차 례

Prologue

발 없는 새 얘기 알아?
땅에 내리지 못해.
평생을 하늘에서 살지.
지치면 날개를 펴고
바람에 몸을 맡긴 채 잠들어.
평생 딱 한 번 땅에 내리는데
바로 죽을 때지.

영화 '엘비스'에 나오는 대사다.
나는 그렇게 살고 싶었다. 보기 좋게 실패했지만.
내 인생을 한마디로 정의하면 이렇다.

타인의 관심을 먹고 사는 종자 주제에

대중이 원하는 것을 외면하고,
내가 하고 싶은 것만 하고 살면서 남 원망만 했다.

내 인생을 망친 이유에 대한 한마디 정의는 다음과 같다.

개 같은 판테라(Pantera)와 세풀투라(Sepultura)가 다 망쳤다.

각기 스페인어와 포르투갈어로 표범과 무덤이란 뜻을 가진 두 밴드.

하고 많은 밴드 중에 하필 그 두 녀석들이 좋아지는 바람에 내 인생은 나락으로 떨어졌다.

한데 만약, 내가 젊은 시절에 본 조비(Bon Jovi)나 스키드로(Skid Row), 하다못해 그나마 대중성이라도 갖춘 메탈리카(Metallica)를 좋아했다면 나의 현재는 달라졌을까?

아마 그건 아니었을걸?

미국에서 태어난 양키가 아닌 이상, 록의 불모지 대한민국에서의 끝맺음은 아마 같았을 거야.

그건 확실하다.

어렸을 때부터 지속해서 스래쉬 메탈(Thrash Metal)을 들어 버릇하며 습관화된 나는 유니크하고 매니악한 진짜 음악을 즐길 줄 아는 놈이라는 컨셉에 심취한 청소년기의 운명적 간택에서 지금까지 벗어나지 못한 병신으로 지금도 천천히 늙어가고 있거든.

1장
가난, 빈곤, 궁핍

전설로 남은 얼터네티브 밴드 Nirvana의 Kurt Cobain이 이런 말을 했었다.

I'd rather be hated for who I am than be loved for who I'm not.

다른 누군가가 되어서 사랑받기보다는 있는 그대로의 나로서 미움받는 것이 낫다.

젊은 시절, 커트 그 계집애 같은 놈이 전 세계의 록을 망쳤다며 땅을 치고 통탄한 적도 있었지만 저 말만은 위로가 되었다.

올해 58세, 독신.

아니, 정확히 말하면 결혼은 했었지만 이혼을 당했으니

독신은 아니지. 독신(獨身)은 배우자가 없는 사람, 또는 그런 상태를 말하는 것이니 옳은 비유일 수도 있고.

아무튼, 육십이 다 될 때까지 나이를 먹고도 모은 돈이 없어 연 300만 원짜리 사글셋방에 들어앉아, 배를 뚫고 나온 배꼽을 잡은 배불뚝이처럼 월세보다 더 비싼 기타나 주무르고 앉아 있는 멍청한 중년.

그게 바로 나다.

종로 황학동 벼룩시장.

MZ세대에게는 풍물시장으로 알려져 운이 좋으면 각종 골동품이나, 구제 옷들을 싼값에 매입할 수 있는 재미가 있는 곳으로 알려진 이곳.

황학동(黃鶴洞)은 과거 논밭이었던 곳에 황학이 날아와 새끼를 치고 살았다고 해서 붙여진 이름이라 전해진다.

청계천과 함께하면서 일제강점기부터 빈민 계층의 거주와 생계유지를 위해 형성되었던 시장의 뒷길.

불야성을 이루는 서울의 화려한 밤과 대조되는.

현대의 빈민들이 모여 사는 사글셋방이 바글바글 모여 있는 동네가 있다.

"백씨 아재요, 아직도 그거 안 팔았능교? 그 기타 고마

팔아 치아뿌라 않카나, 당장 라면 사 물 돈도 없는 양반이 무신 기타 타령이고?"

요즘 경상도 사람들은 저리 심한 사투리는 안 쓴다고 하던데.

뱃놈 같은 거친 경상도 사투리를 쓰며 사글셋방이 주르르 나열된 황갈색 평상에 선 아주머니가 고개를 숙이고 앉은 장발의 중년인 곁에 가 앉는다.

"내가예, 우리 아부지 때부터 골동품 취급만 30년이라예. 아재요, 저런 악기는예, 오래 묵는다꼬 가격 더 못 받는다 그라이끼네. 제값 받을 수 있을 때 고마 나가 팔아뿌소."

장발의 백 씨가 고개를 들어 아주머니를 바라본다.

말은 거칠지만 마음은 따뜻한 아주머니. 그녀는 이 사글셋방의 주인이다. 그녀는 부모 세대부터 이곳에서 골동품 상회를 했다고 들었다.

1986년에 86 아시안게임이 진행되면서 정부에서 해외 관광객 유치를 위해 장안평에 골동품 상가를 설치하고 황학동 골동품 가게들을 대거 이주시켰다.

이때 최고 130여 곳에 달하던 골동품 가게의 수가 20여 곳 안팎으로 대폭 줄어들면서 골동품 상권도 소실되어 버렸다.

이 아주머니도 그때 가게를 정리하고 셋방을 차린 것이다.

"됐으니까 신경 끄고, 소주나 한 병 줘요."

백 씨의 목소리를 들은 아주머니가 흠칫한다. 사람 목소리라 보기엔 너무나 깊게 잠긴, 허스키하다는 평가를 넘어 성대 결절에 이르렀다 볼 수 있는 목소리였기 때문이다.

"아재 목소리는 언제 들어도 적응이 안 되네예."

마음 같아선 식당에 나가 한잔하고 싶지만 요즘은 언감생심 꿈에도 못 꾼다. 식당에서 소주 한 병에 6천 원이나 받는 세상이 왔기 때문이다.

비싼 곳은 7천 원을 넘는 곳도 있다니 어이가 없는 시대이다. 아버지 소주 심부름 다니던 1974년엔 소주 한 병에 95원이었는데 대체 몇 배가 오른 거냐?

꼬깃꼬깃 접어둔 오천 원을 내민 백 씨를 한심한 눈으로 보던 아주머니가 한숨을 쉬며 자물쇠로 잠가둔 냉장고에서 시원한 소주 한 병을 꺼내 내민다.

"너무 마이 잡숫진 마시고예. 하이고, 내사 마 신경 안 쓸란다. 내 속만 디비지지."

"파란 거 말고, 빨간 뚜껑으로."

"……."

아주머니는 못마땅한 얼굴로 소주를 바꿔 준 뒤 자리를 털고 일어나 주방으로 가버린다.

물끄러미 그 모습을 바라보던 백 씨가 소주를 까 잔도 없이 병 주둥이를 물고 꿀꺽꿀꺽 마신다.

"크."

이것도 술이라고. 옛날 술이 독하고 맛도 좋았는데. 요즘 술들은 밍밍한 것이 술인지 물인지 도무지 분간이 안 된다.

"후."

사글셋방 평상에 앉아 병나발을 부는 장발의 중년인 백씨가 하늘을 바라보며 젊은 시절의 상념에 잠겨본다.

노래에 마취되어 의식을 잃어가는 느낌.

무대에 서서 머리를 흔들며 광란의 기타를 들도 포효할 때면.

가축 떼 가운데서 대포와 탱크를 배경으로 노래하는 것만 같았다.

도저히 무대의 희열에서 벗어날 수 없었다.

사람들은 우리의 음악에 맞추어 발을 두드리고.

머리 위로 손을 들어 손뼉을 쳤지만.

끝내 자신은 사람들 마음속에 숨겨진 진실의 세계는 열지 못했다.

그리고 그것은 갈수록 더욱 나빠졌다.

처음 자신에게 기타를 잡아보고자 하는 마음을 가지게 만든 밴드는 한국의 전설 들국화였다. 물론 그전에도 록은 존재했다. 그것이 록인지 모르고 들었다는 것이 문제였지만.

처음 록 음악을 듣고 좋다고 느꼈던 건 한국 록의 영원한 대부, 신중현 선생님의 노래였다.

선생님이 처음 만든 밴드 ADD4의 '비속의 여인'이란 곡. 현대의 맞춤법 표기로는 빗속의 여인이 맞겠지만 그때는 저런 이름으로 출시되었다.

한국 록 음악의 아버지란 말이 단지 록 음악으로 최초의 성공을 거둔 사람이란 뜻이 아니라, 압도적인 서구의 문화 앞에서 그 문화를 받아들이면서 어떻게 한국적 정체성을 구현하고자 했는가 하는 그의 창조적인 노력에 지금도 경의를 표한다.

하지만 그때의 선생님은 어린 자신은 구경도 못 할 만큼 이미 멀리 뜬 별이었다.

그나마 전국을 돌며 라이브를 하고, 약간의 돈만 있으면 만날 수 있던 밴드는 들국화였다. 당시 시대상을 비춘 '행진'은 지금 들어도 명곡이다.

나중에 리더가 솔로 앨범을 발표하고 수많은 히트곡이 나왔지만 그때 그 시절, 처음 들국화의 음악을 들었을 때를 지금도 잊지 못한다.

그런데 왜 자신은 그런 음악을 하지 못했을까?

"망할 새끼들."

1981년과 1984년에 데뷔한 두 밴드 때문이다.

당시 자신은 음악(音樂)이 아니라 음학(音學)을 탐하고 있었다. 듣고 느끼고 좋아하는 것에 그치지 않고 남보다 더 많은 것을 알고, 타인이 모르는 것을 듣는 것으로 우월감을 느꼈다.

그리고 그 행위의 끝에 두 밴드가 있었다.

물론 두 밴드는 죄가 없다.

그 둘은 자신들의 음악을 이해해 주는 팬이 많은 곳에서 순수하게 음악을 했을 뿐이다.

하지만 후발 주자 입장에선 신처럼 믿고 따르던 밴드의 음악을 통해 자신도 그들이 닿은 언저리에 갈 수 있다 믿다가, 뒤통수를 맞은 기분일 수밖에 없지.

백 씨가 평상에 앉아 문이 열린 자신의 단칸방을 힐끔 본다. 빈곤한 형편에 어울리지 않는 번쩍거리는 몇 대의 기타들이 보인다.

제일 먼저 보이는 녀석은 1964 Fender stratocaster다. 밥 딜런이 사용하던 모델과 같은 모델인데 당시 저걸 사기 위해 공사장에서 막일만 1년 넘게 했었다.

물론 서른이 넘을 무렵부턴 저 녀석을 거의 만지지 않았다. 당시 자신이 추구하고자 하던 음악은 저 기타로 낼 수 없는 영역의 소리였기 때문이다.

그 옆에 나란히 선 녀석. 맞는 받침대가 없어 벽에 못을 박아 걸어둔 저 희한한 모양의 기타는 Dean USA Dime ML Far Beyond Driven이다.

판테라의 죽은 기타리스트 다임 벡 데럴이 사용하던 기타이기도 하다. 아마 지금 생산되는 모델도 가뿐히 500만 원은 넘겠지만 저 기타는 무려 1987년 모델이다.

그리고 마지막 기타.

Slayer의 기타리스트 제프 한네만(Jeff Hanneman)이 쓰던 LTD의 기타다. 가지고 있는 것 중에 그나마 저렴한 모델이지만 지금 사도 230만 원은 넘을 거다.

비교적 비싸든 싸든 사글셋방 사는 노인이 가지고 있을 만한 물건은 아니다.

그뿐인가? 이펙터는 어떻고? 앰프와 페달 보드를 가득 메운 이펙터 가격을 따지면 아마 천만 원은 가뿐히 넘을 거다.

젊은 시절부터 모은 거라 이젠 생산되지 않는 모델이란 이유로 프리미엄이 붙은 것도 있다.

왜 갑자기 기타 가격 타령이냐고?

사글셋방 주인아줌마 말이 틀렸다는 말이 하고 싶은 거다.

오래 묵는다고 가격 안 올라간다는 말은 아마 바이올린이나 비올라, 첼로같이 장인이 만들어 오래 묵을수록 풍부한 소리가 나는 악기가 아닌, 전자 악기이기 때문일 거다.

하지만 저 기타들은 다르다. 하나같이 이름 있는 기타이기에 오래된 모델은 시간이 지날수록 가치가 올라간다.

"적어도 내 관값은 되겠지."

홀몸이라 장례 치러줄 사람도 없으니 내 손으로 훗날 일을 생각해야 된다.

뒷자리 보는 건 말도 안 된다. 누가 돌봐준다고. 그저 화장하고, 뼛가루를 바다에 수장할 돈만 남기면 되니 그건 저 기타를 팔면 어찌어찌 해결될 것 같다.

"내 꼴이 참."

이래 봬도 젊은 시절엔 꽤 잘나갔다. 팬클럽도 있었고 말이지.

처음 록 음악을 시작한 80년대 후반에는 록 전문 클럽 같은 곳이 없었다. 들국화도 시민 회관에서 공연하던 시절이었는데 자신 같은 신인 밴드 뮤지션은 안 봐도 뻔하지.

문래동 철제 가공 단지의 창고를 빌려 직접 발로 뛰며 전단을 나눠주고 사람을 모아 하던 라이브.

그래도 음악을 시작하고 3년쯤 지나자 고정 팬들이 생기고 라이브 때마다 찾아와 주는 고마운 사람들도 있었다.

그러다가 90년대 중반에 미국에서 Nirvana가 대히트를 기록하며 한국에도 홍대를 중심으로 록 전문 클럽들이 생겼었다.

물론 그때의 록 전문 클럽들은 자신의 음악을 받아주지 않았다. 무슨 가사를 말하는지도 모르는 굵고 거친 목소리로 고함만 질러대는 음악은 철저하게 대중에게 외면받았으니까.

코드 세 개, 혹은 네 개로 이루어진. 한 달만 기타를 잡아도 연주할 수 있는 펑크가 대세였다.

세상이 급변해 록이 주류가 된 세상이 와도 자신의 음악은 절대 대한민국에서 인정받지 못했었다.

펑크 록을 하는 고등학생 밴드에게 밀려 일하던 라이브 클럽에서 해고되었을 때는 세상이 무너진 기분이었다.

'원망했지.'

누구를? 당연히 세상이다. 음악 들을 줄 모르는 새끼들이 펼치는 무식함의 향연. 딱 그렇게 생각했다. 미국이었다면 달랐을 거라고. 그들은 내 음악을 이해해 주었을 거라고.

'미친 소리.'

말 그대로 개소리다. 그건 단순히 실패한 인생에 대한 자기 위로일 뿐이었다.

누가 그런 음악을 하라고 등 떠민 적이 있는가? 아님, 미국이 아닌 한국에서만 음악 하라 억지를 부리기를 했는가?

움직여 보지도 않고, 해보지도 않고 세상 탓만 하다 인생이 허공에 흩어져 버렸다.

그때, 사글셋방의 평상 근처로 웬 정장 차림의 중년 남자가 다가온다.

"저기, 혹시 백창현 선생님 되십니까?"

"……."

자기 상념에 깊숙이 빠져 있던 백 씨가 고개를 들었다. 참 오랜만에 자신의 이름을 들어본다.

"누구십니까?"

잔뜩 쉰 목소리에 흠칫 놀랐지만 금세 정신을 차린 남자가 말했다.

"아, 백 선생님 되십니까?"

"그렇습니다만."

"저는 이런 사람입니다."

중년 남자가 품에서 명함을 꺼내준다. 물끄러미 그의 손을 바라보다 민망함이 극에 달할 즈음 명함을 받아 살펴보니 이름도 들어보지 못한 음악 전문 레이블 회사다.

백창현이 명함을 바닥에 내려놓은 뒤 물었다.

"무슨 일입니까?"

중년 남자가 바지춤을 끌어 올리며 콧김을 뿜는다.

"업계 쪽에서 소문 듣고 왔습니다. 록 기타 연주가 아주 일품이라고 들었는데. 저희 쪽과 일해보실 생각 없으십니까?"

"……."

기쁜 소식이다.

물론 이 남자가 자신을 뮤지션으로 대우해 주려고 제안하는 건 아닐 거다.

분명히 세션 작업이겠지.

하지만 그건 돈이 된다.

한번 뛰면 적어도 서너 달은 먹고살 수 있는 거액이 생길 거다.

"밴드의 기타리스트가 어딜 다쳤습니까?"

"하하, 아이고, 요즘 같은 시절에 누가 밴드를 냅니까, 굶어 죽고 싶으면 또 몰라. K POP 아시죠? 이번에 저희가 아시아 전역은 물론 서양권까지 노리는 여성 4인조 그룹을 준비 중인데 데뷔 앨범의 컨셉으로 로큰롤풍을 선택해서 말입니다. 젊은 기타리스트도 많긴 합니다만, 아무래도 선생님같이 오래 묵은 진득한 사운드가 좋을 것 같아서 수소문해 왔습니다."

"……."

K POP. 그러니까 쉽게 말해 댄스 음악에 내 기타 사운드를 넣겠다는 것이로구나.

백창현은 말을 삼갔다.

당장 호통을 치고 꺼지라고 하고 싶었지만 그러지 못했다.

당장 쌀이 떨어졌으니까.

"……악보는."

"아이고, 악보를 안 가져왔네요. 근데 기타 사운드가 전부 리프만 들어갈 거라서요. 그냥 코드 진행으로 리프 사운드 따주시고, 중간에 마음에 드시는 짧은 솔로 연주 두 마디 정도만 넣어주시면 되는데."

"……."

"액수는 이 정도입니다. 업계 관행보다 좀 더 드리려고 합니다.”

중년 남자가 내미는 쪽지. 그것을 열어 본 백창현이 눈을 질끈 감았다.

단 한 곡의 사운드 녹음. 그에 따른 보상이 무려 오십만 원이다.

물론 단서 조항이 붙는다. 저작권의 셰어는 없는 매절 계약에 크레디트에 이름도 못 올린다.

일방적인 계약이지만 연세 300짜리 사글셋방 노인에겐 거절할 수 없는 제안이다.

“……하겠습니다.”

“아이고, 선생님. 잘 생각하셨습니다. 녹음은 3일 뒤입니다. 핸드폰 번호 주시면 녹음실 주소를 보내 드리겠습니다. 보낼 때 클라우드 악보 파일 저장 경로도 같이 드릴게요.”

“핸드폰 없습니다.”

“에? 아…… 예.”

2024년에 뭐 이런 원시인 같은 놈이 다 있냐 하는 얼굴로 창현을 멀뚱멀뚱 바라보던 그가 정신을 차리고 웃었다.

“핸드폰이란 놈이 원래 족쇄나 다름없죠. 부럽습니다, 저도 핸드폰 없이 살아보고 싶군요.”

품에서 펜을 꺼내 자기 명함 뒤에 주소를 써 내민 남자가 말했다.

“3일 후, 오후 네 시까지 오시면 됩니다.”

"저기, 죄송하지만 선금을 좀 주실 수 없겠습니까?"

"……."

남자가 당황한다. 계속 함께 일한 사람도 아니고 초면에 선금을 요구하니 선뜻 주기가 내키지 않은 것이리라. 창현이 고개를 숙이며 말했다.

"녹음실 갈 차비가 없어서요."

"……."

남자가 다시 놀란다. 그러곤 창현이 앉은 사글셋방의 꼬락서니를 한번 쓱 둘러본 뒤 한숨을 쉬며 지갑을 꺼냈다.

"업계 관행상 선금을 드리긴 어렵고요, 차비 정도는 제가 드리죠."

노란색이 참 아름다운, 우리 모두의 어머니 신사임당이 그려진 종이 한 장. 차비로 보긴 과하지만 창현의 입장에선 공돈이 그저 반갑다.

"고맙습니다, 약속 시간에 맞춰 가겠습니다."

"예, 부탁합니다, 선생님."

중년 남자가 사글셋방을 한 번 더 쓱 살핀 후 나간다.

생각보다 예의가 있는 사람이다. 보통 저렇게 잘나가는 사람들은 이런 곳에 발을 들이는 것도 거북해하는데 끝까지 예의를 지키고 나가네.

물론 나간 후에 자신을 소개한 사람에게 전화해 한바탕 욕을 쏟아붓기는 하겠지만.

돈을 주머니에 쑤셔 넣고 슬쩍 남자의 뒤를 밟았다.

사글셋방을 끼고 뒤로 돌아가면 시장으로 통하는 골목길이 나온다.

구경을 온 관광객들이 들러 담배를 태우는 골목길엔 바닥이 보이지 않을 정도로 많은 꽁초들이 널려 있다.

창현의 예상대로 남자는 전화를 붙들고 욕을 하고 있다.

"야! 실력 있는 양반이라며? 언더 록 씬에서 30년 넘게 구른 진국이라며! 그런 사람이 왜 이런 거지 같은 곳에 박혀 있냐? 너, 만약에 저 사람 녹음실 왔는데 제대로 된 연주 못 하면 책임져라, 너 믿고 진행한 거니까, 새끼야."

음, 그래도 저 정도면 양호하네. 작년에 일을 맡기러 왔던 양반은 전화통 붙잡고 부모 욕까지 하던데.

남자는 간단한 통화 후 담배 한 대를 물고 뻑뻑 피워댄 후 사라졌다. 창현은 그가 완전히 사라진 후에 그가 버리고 간 꽁초를 보았다. 불똥도 빼지 않은 반쯤 피운 담배.

꽁초 주워 피는 정도는 일상이다. 창현이 허리를 숙여 남자가 버리고 간 담배를 들고 입으로 가져간다.

"돈 많은 양반인가 보네. 반도 안 태우고 버려주면 나야 고맙지."

남이 태우다 버린 담배꽁초를 물고 하늘을 바라본 창현이 중얼거렸다.

"여성 4인조 그룹."

20년 전만 해도 누군가 자신에게 이런 제의를 했다면 발로 차버렸을 것이다.

록 스타라는 자부심으로 똘똘 뭉쳐 있던 아집과 고집밖에 없던 젊은 시절이었으니까. 하지만 지금은 다르다. 생활이 빈곤해 그러냐고? 아니다.

이제 인정해야 될 나이가 되지 않았는가? 록만이 음악은 아니라는 것을.

"사람의 마음을 움직일 수 있고, 진실의 세계로 가는 문을 열 수 있다면 장르가 무슨 소용이냐."

너무나 간단한 사실인데.

너무나 늦게 알아버렸다.

이제 곧 60을 바라보는 나이가 된 후에 겨우 고집과 아집이라는 놈들이 양보를 시작했다.

그때 두 남녀가 골목길에 와 담배를 무는 것이 보인다.

명품을 잔뜩 두른 두 남녀는 이곳 구경이 꽤 재미있었는지 서로 무얼 봤고, 어느 가게에 신기한 것들이 많다는 등의 이야기를 나눈다.

서로 간의 호칭을 들어보니 젊은 부부인 모양이다.

'아내는 잘 지내고 있을까?'

비록 이혼했지만 아내와의 결혼 생활은 꽤 행복했다.

요즘 소설들을 보면 이혼 후 인생 대박이니, 이혼 후 코인 떡상이니 하는 글들이 가득하던데.

그런 소설 속 아내들은 대부분 바람을 피우거나 가난해진 남편의 사정을 이해하지 못하고 돈이나 펑펑 써대는 철없는 아내로 묘사되곤 한다.

하지만 창현의 아내는 그런 사람이 아니었다.

"다 내 잘못이지."

씁쓸한 웃음.

아내는 착하고 순하며, 인내심이 강한 사람이었다. 15년간 돈 한 푼 벌지 못한 남편도 지아비 대우를 해주겠다고 식당 일을 하며 먹여 살렸다.

결국 끝까지 버티지 못하고 떠났지만 아내를 원망하지 않는다. 아니, 오히려 고맙다. 이런 놈도 남편이라고 15년이나 보살펴 주었으니.

반 남은 담배를 다 태우고, 주머니 속에 손을 넣어보니 아까 받은 지폐가 만져진다.

'담배 하나 사고, 소주 두 병 사고, 라면 다섯 봉지만 사자.'

차비는 얼마 안 하니 그 정도 사치는 부려도 될 거다.

자주 가던 구멍가게는 외상값이 많아 뭘 달라고 하면 외상값부터 갚으라 할 것 같아 전혀 가지 않던 시장 상회로 가 담배와 소주 두 병, 라면 다섯 봉지를 계산했다.

운이 좋다. 라면 다섯 봉을 사면 한 봉을 더 주는 이벤트를 하는 중이다.

"16,300원입니다."

"……."

말없이 돈을 내밀자, 계산하는 아주머니가 묻는다.

"포인트 있으세요?"

"없습니다."

"……."

또 흠칫. 이놈의 목소리 때문이다. 밤에 들으면 꼭 지옥에서 저승사자가 자신을 데리러 왔다 착각할 만큼 스산한 쉰 목소리.

자신의 목소리를 처음 듣는 이는 대부분 이렇게 놀란다. 하지만 실례라는 걸 알았는지 금세 잔돈을 거슬러 내미는 아주머니.

돈을 주머니에 구겨 넣고 뒤로 돌았지만 그녀의 시선이 등 뒤로 느껴진다.

창현은 말없이 상회를 벗어나 자신의 목을 만졌다.

'처음부터 이런 목소리는 아니었는데.'

1989년부터 지금까지. 무려 35년 동안 목을 혹사시켰다. 노래를 너무 많이 해서 그런 건 아니다. 단지 발성법에 문제가 있었던 것이다.

왜냐고? 데스, 스래시 메탈만 40년 해봐라. 목소리가 온전할 수가 없지.

문득, 밴드를 시작하기 전 고등학교 축제 무대에 올라

엘비스의 Love me tender를 불렀던 그때가 떠올랐다.

남자 고등학교를 다니는 통에 여학생들의 환호를 받진 못했지만 음악 선생님이 목소리 참 부드럽고 좋다고 했었는데. 이제 다시는 그런 목소리를 내지 못하겠지.

'이런 목소리가 자랑스러웠던 적도 있었는데.'

메탈계의 후배들은 자신의 목소리를 부러워했다. 그냥 진성으로 내질러도 지들은 꿈에도 못 꾸는 거친 목소리가 나오니까 당연히 부럽겠지.

창현은 과거를 회상하여 한숨을 쉬었다.

"안정적인 일자리를 좀 찾아야 될 텐데."

창현은 이날까지 안 해본 일이 없다.

공사판의 막일은 당연한 것이고, 기술이 없으니 태권도 학원 운전 교사를 하거나, 제과점 트럭도 몰았다. 태권도 학원 운전 교사 일이나 제과점 트럭 일이나 모두 해고당했지만.

창현이 자신의 묶은 장발을 만져본다.

'교사 머리 꼴이 왜 저러냐 항의하던 학부모, 식재료 나르는 놈 머리가 청결하지 못하다 지적하던 지점장.'

한마디로 머리 때문에 잘렸다. 하지만 포기하고 싶지 않았다. 무대 위에서 짧은 머리로 헤드 뱅잉을 하면 멋이 안 살았으니까.

그때만 해도 일주일에 한 번은 무대에 설 기회가 있었지만 이젠 그마저도 일이 없다.

무대에 서보지 못한 것이 벌써 7년이 넘었다. 하지만 여전히 장발을 포기하지 못하고 있다.

"다 부질없지."

자르자.

이번에 일을 하고 오십만 원을 받으면 외상값들 좀 갚고, 머리도 자르자.

짧은 머리는 미용실에 더 자주 가야 하겠지만 그럼 어때?

머리 때문에 해고당한 일들만 다시 해도 미용실값은 충분히 벌 거다.

무대에 설 일도 없는데 장발이 무슨 소용이라고.

상회에서 물건을 받을 때 봉툿값을 따로 받는다는 소리에 그냥 맨손에 소주 두 병과 라면을 쥐고 걷고 있던 창현은 다시 사글셋방 뒤의 골목길에 와 새로 산 담배를 깠다. 오랜만에 새 담배를 사 피워본다.

"담뱃값도 참 어마어마하게 올랐네."

한 값에 4,500원이라니. 아무리 물가가 올랐어도 그렇지, 예전 같음 이 돈으로 한 보루를 샀을 텐데.

뭐 할 수 있나? 담배는 국가 독점 사업이니 제 놈들이 책정한 가격에 사 태워야 하는 거지. 싫으면 끊으면 되고.

폐부 깊숙이 담배 연기를 들이마시고 내뱉자, 주변이 연기로 자욱하다. 물론 이게 다 창현의 연기는 아니다. 관광객들이 워낙 담배를 많이 피우러 오는 곳이라 늘 이런 꼴이다.

“내게 한 번만 더 기회가 있다면.”

말을 해놓고 실소가 나온다.

판타지 소설도 아니고 어느 신이 자신에게 기회를 주겠는가?

이런 소리 할 시간에 나가서 일이나 하라고 하겠지.

지금껏 자기 소신이란 거짓된 이름의 아집을 부리고 살았으니 응당 대가를 받는 것뿐.

누구도 자신에게 이리 살라 강요한 적은 없다.

오랜만에 꽁초가 아닌 새 담배를 태우니 어지럽다. 장초를 피워보는 것이 오랜만이라 그런가 보다.

손가락으로 담배 끄트머리를 비벼 불똥만 빼낸 후 다시 담배 케이스에 집어넣었다. 이건 나중에 다시 태워야 할 것 같다.

라면 봉지를 덜렁덜렁 들고 사글셋방으로 향하는 창현이 중얼거렸다.

“오랜만에 라면에 소주나 배 터지게 먹고 잠이나 자자.”

잠이 들면 다시 눈이 떠지지 않았으면 좋겠다.

어차피 지긋지긋하게 반복되는 이 빈곤하고 가난한 세상에서 다시 눈을 뜨게 될 터이니.

2장

1989, 격동의 시대

간밤에 꿈을 꾸었다.

오랜만에 라면 두 개를 배불리 끓여 먹고 소주 두 병을 연거푸 마시곤 곯아떨어졌다.

꿈속에서
더 추워지기 전에 어느 하루쯤은
나 혼자 뽀얗고 부드러운 모래사장에
하늘 보고 눕고 싶었다.
눈을 깜빡이자 하늘 위에서
물방울 하나가 새벽 꿈속에 떨어졌다.
그것은 핏방울처럼 나의 시간에도 떨어져 자국을 남긴다.

나는 나의 삶을 살고 싶었다.

어린 시절 그것은 꿈이었는데
이제는 나의 삶만 살 수밖에 없다.
나이 들고 나니 그것은 절망이었다.

꿈속의 나는 언제나 스타였다.
음악에 목마른 이들에게
물 한 잔씩을 건네다가 깨는 꿈.
반복되는 그 꿈처럼
그렇게 살고 싶었다.

기다리는 꿈은 결코 꿈이 아닌 것을
기회를 쟁취하기보다 때가 오기를 기다렸더니
감나무 아래에서 입 벌리고 드러누운 바보만 남았다.

차갑게 얼어붙은
내 가슴에 불을 지피고
무지개 떠오를 날을 기다리며 희망을 잃지 않던
억겁의 시간들이 참으로 부질없다.
그때 움직여야 했는데.
그때 그 길로 들어서지 않았어야 했는데.

길을 잃은 후회들이 물 한 잔 달라 애원해도

내게 남은 물이 없다.

헛발 디뎌 휩쓸려 가더라도
숨 막히던 그 시절이 다시 온다면
밤마다 새로운 색깔로 물을 만들어
나부터 시원하게 한 모금.
제발 다시 한번만.
제발 다시 한번만.

술을 너무 많이 마신 걸까?

왕년엔 소주 다섯 병을 마셔도 다음 날이면 멀쩡했는데. 나이는 어쩔 수 없나 보다. 속이 메스껍고 머리가 아프다. 가늘게 뜬 눈에 들어온 시야가 빙글빙글 돈다.

그때, 누군가의 목소리가 들렸다.

"어이, 김 씨. 신문 봤는가? 워메, 일왕 그 새끼가 뒤져 버렸담서? 그게 참말이여?"

"어, 남 씨, 나도 신문 봤네 그려. 1월 7일에 뒤졌다고 하던데."

"아이고, 속이 다 시원하네. 일왕인지 천황인지 그 새끼가 124대 왕이라며? 신문에 그러던데."

"그려, 맞지. 아들놈이 승계한다 하던데."

"참 나, 조선 시대 벗어난 게 언젠데 그 망할 새끼들은 아직도 왕 타령이여?"

"내 말이."

뭐야, 왜 지들 방 놔두고 남의 방에서 저런 헛소리를 하는 거지? 아닌가? 어젯밤에 술김에 더워서 방문을 열어두고 잔 걸까? 그래서 바깥 평상에서 하는 소리가 들리는 것인지도 모르겠다.

"일왕 그 망할 놈도 죽고, 미국 대통령도 바뀌었다고 하더라. 이름이 이상한 놈이었는데?"

"어, 조지 부시. 으허허! 난 그놈 이름 듣고 처음에 욕인 줄 알았당께, 으허허! 조지고! 부시고!"

하, 도저히 시끄러워서 안 되겠다. 머리가 아파도 일어나 문이라도 닫고 자야지.

근데 저게 뭔 헛소리야? 조지 부시? 부자가 대통령 해먹더니 이제 손자까지 대선에 나온 건가? 그러고 보니 앞에 말한 일왕 이야기도 이상하네.

2019년에 젊은 일왕이 즉위했다는 뉴스를 들었는데 벌써 죽었다고? 병이 있었나? 근데 정확히는 기억 안 나지만 지금 일왕은 126대 왕이라고 했던 것 같은데.

창현이 부스스 일어났다.

'어?'

몸이 안 아프네? 뭐지, 아침에 눈을 뜨면 오만 군데가 다 쑤셨는데 오늘은 어째 상쾌하다.

간만에 라면을 많이 먹고 자서 그런가?

“김 씨, 해외여행 전면 자유화됐다고 김포 공항에 사람들이 떼를 지어 간다고 하던데. 자넨 생각 없어?”

“미친, 하루 벌어 하루 먹고사는 공사판 노동자 놈이 언감생심 해외여행을 간다고?”

“하하, 하긴 나도 비슷하네.”

“그런 거는 저기, 청와대 사는 놈들이 외국 나갈 빌미 만들려고 허락하는 거지. 두고 봐, 지금은 아니라도 언젠가 전두완 놈이 해외로 도피할 거야. 제 놈이 살고 싶으면 도망가야지, 별수 있어? 어쩌면 해외여행 자율화도 그놈이 도망갈 궁리 하려고 통과시킨 법안일지도 모른다고.”

“노태후가 그 새끼 친구 아녀? 12.12 군사 쿠데타도 함께 일으켰잖여.”

“그놈이 그놈이지 뭘.”

“하, 이놈의 대한민국. 언제 썩은 군사 정권이 없어 질랑가.”

하, 대체 뭔 소리들을 하는 거야? 문민정부 들어선 게 언젠데. 두 놈의 시간만 멈춘 것도 아니고 아직도 군사 정권이 어쩌고저쩌고. 도저히 못 들어주겠네.

창현이 습관처럼 문이 있는 곳을 더듬었다. 하지만 창현의 손은 애꿎은 허공만 휘젓는다. 그러자 웃음기 섞인 두 목소리가 자신을 향해 날아온다.

“어이, 창현아. 일어났냐?”

“근데 왜 허공에 헛손질을 하고 있냐, 넌? 으하하, 거 재미있네. 유머 1번지 나가 봐, 히트 칠껴.”

어질어질한 머리 때문에 관자놀이를 누르고 인상을 쓴 창현이 자신에게 말을 건네는 두 사람을 보았다.

어디선가 본 사람처럼 낯이 익기는 한데 도무지 누구인지 잘 기억이 나지 않는다.

‘어?’

여긴 어디야?

어젯밤 사글셋방 구석에서 기타 끌어안고 울다 잤는데. 술에 취해서 이상한 곳에 와 자빠져 잔 건가? 그런 건 20대 때나 하던 짓인데.

창현이 일단 여기가 어딘지 파악하려 눈을 가늘게 뜨고 주변을 보았다. 분명히 이 장소는 기억 속에 있는 것 같은데 가물가물하다.

그러다 자신에게 말을 던지던 두 남자의 목소리가 들려왔던 곳을 보자, 한편에 신문을 펼쳐놓고 바둑을 두고 있는 두 중년 남자가 보인다.

“야, 이제 쉬는 시간 거의 끝났응께 고마 일어나라잉? 작업반장 보면 뒤진다.”

"그려, 넌 기술자도 아이고 잡부 아니냐? 농땡이 치다 걸리면 모가지 잘린다?"

창현의 눈썹이 꿈틀한다.

'잡부? 작업반장?'

창현이 벌떡 일어났다. 뭔가 편하다 했더니 구멍이 뚫릴 만큼 해진 시커먼 인조 가죽 소파 위에서 자고 있었다.

자신보다 몇 살 어려 보이는 남자들이 낄낄 웃으며 하는 말이 들린다.

"악몽을 제대로 꿨나 벼, 왜, 꿈에서 죽은 할아버지라도 봤냐?"

"낄낄, 나도 할아버지가 주택 복권 번호나 좀 알려줬음 좋것네."

"헛소리는. 인마, 창현아. 뭣 하고 섰냐? 가서 시멘트나 좀 섞어놔, 오후 작업할라믄 필요하니께."

도무지 어찌 돌아가는지 하나도 모르겠네. 창현은 소파에서 일어나 멀거니 두 남자를 보았다.

그러다 남자들 뒤에 걸려 있는 거울에 시선이 가는 순간. 창현은 급히 뒤를 돌아보았다. 하지만 아무도 없다. 거울 속엔 분명 자신이 아닌 다른 사람이 서 있는데.

다시 거울 속의 남자를 보았다. 뽀송뽀송 20대 초반의 앳된 얼굴.

'이건.'

자신의 젊은 시절이다.

소싯적부터 잘생겼다는 소릴 달고 달았던 자신의 어린 시절 얼굴.

창현은 손바닥을 들어 자신의 얼굴을 세차게 내리쳤다.

'아직도 안 깬 거냐? 장난 그만해, 재미없으니까!'

가뜩이나 시궁창 같은 인생 사는데 꿈까지 이 모양이냐? 거울 속 모습을 바라보며 스스로 싸대기 두세 대를 갈기니 바둑 두던 두 남자가 달려와 말린다.

"이놈이! 갑자기 왜 이려? 함바집 밥 잘 처먹고 낮잠 자다 갑자기 일어나선 봉창을 두들기고 지랄이여, 지랄이."

"인마, 창현아! 너 갑자기 왜 이러는 겨?"

창현의 얼굴이 일그러진다. 꿈 한번 참 현실감 지린다. 이런 개꿈은 빨리 깨는 게 상책이다. 자신을 만류하는 두 남자를 뿌리친 창현이 소리를 버럭 질렀다.

"놔!!!!"

어? 방금 목소리.

잔뜩 쉰 목소리가 아닌, 미성의 목소리다.

창현이 자기도 모르게 제 목을 덥석 붙잡고 굳자, 두 남자가 다시 달라붙는다.

"이 새끼가 이젠 지 목을 조르려고 하네. 야 이 미친놈아! 당장 그만해!"

"창현아, 이 새끼야. 정신 차려!"

목을 붙잡은 창현은 이번엔 두 남자를 뿌리치지 않았다.

문득 눈물이 났다. 꿈에라도 듣고 싶었던 자신의 원래 목소리를 들었기 때문일까? 조금 전까진 개꿈에서 빨리 깨고 싶었는데, 이젠 조금이라도 더 이 꿈에 남아 있고 싶다.

일단 이 땀 냄새 작살에, 힘만 무식하게 좋은 두 아저씨부터 떼어내고.

"저 괜찮으니 일단 놔주세요."

두 남자는 여전히 창현의 팔을 꽉 붙들고 있다. 창현은 두 남자가 했던 말을 떠올리곤 천천히 목에서 손을 떼고 손바닥을 보여준다.

"됐죠?"

그제야 손에서 힘을 푸는 두 남자.

"야, 너 너무 무리하는 거 아니냐?"

"그려, 작업반장 말이 네놈이 50일 연속 만근이람서? 너 막일 그렇게 하다간 일찍 골로 간다? 아무리 돈이 좋아도 그렇지, 좀 쉬엄쉬엄하면서 일혀."

창현은 말없이 그들을 쓱 바라보곤 실내에서 밖으로 통하는 문을 열었다.

모래바람이 잔뜩 불어오는 공사 현장. 자신이 지금까지 잠을 잤던 곳은 공장 한편에 있는 컨테이너 박스였다.

러닝셔츠에 주머니가 잔뜩 달린 군복 하의, 워커를 신고 있는 자신의 몸을 내려다본 창현이 뚜벅뚜벅 걸어가 시멘트 포대 위에 앉았다.

"좋은 꿈이네. 그래, 이런 시절이 있었지."

아마 88년 겨울 즈음이거나, 89년 봄일 수도 있겠다. 날씨가 추운 걸 보니 아마 확실할 거다. 그 무렵 자신은 밥 딜런 기타를 사고자 1년이나 이 막일을 했었으니까.

"서울에 올라온 것도 불과 얼마 전이고."

원래 부산 온천장에 살았다. 아버지는 거기 살다가 시장통에 살기 싫다고 동구 좌천동으로 이사를 갔는데, 나중에 온천장 집값이 천정부지로 오르는 걸 보고 무지 배 아파하셨지.

상념에 잠긴 창현이 턱을 괴고 공사 현장을 보았다.

'상계동 뉴타운.'

그래, 이맘때 여기 공사에 투입됐었지. 이때가 딱 스물세 살 때였다.

원래는 일용직이었다. 매일 새벽마다 인력 사무소에 가서 일꾼 뽑으러 온 반장에게 힘 좋다는 걸 어필하고 겨우 하루씩 잡부 일을 구하다가, 몇 번 자신을 데려간 반장이 고정으로 일할 생각이 없냐 해서 얻은 일자리였다.

'상계동 뉴타운 아파트 값이 역삼동 아파트 값과 다를 바가 없던 시절이었지.'

참, 자신이 한몫 거들어 지었지만 역삼동 아파트 대신 이 아파트 들어온 사람들이 나중에 얼마나 땅을 치고 통곡

할지 눈에 선하다.

물론 그 시절이나 지금이나 자신은 아파트 같은 건 꿈도 못 꾸지만.

잠시 상념에 빠졌던 창현의 눈이 먼 곳으로 향한다.

'이 시절이면 아내가 문래동에 있겠구나.'

원래 아내는 문래동 공장터에서 방직 일을 하는 공장 노동자였다.

스물네 살 때였던가? 문래동 철제 공장 창고를 빌려 공연할 때 무대 위의 자신을 보고 반해 결혼까지 한 여자.

가난한 뮤지션과의 결혼이 현실적으로 얼마나 힘든 것인지 15년이나 되는 세월 동안 몸으로 겪고 결국 떠나갔다.

몇 년 전에 소식을 들었는데, 고향인 대구에 내려가 혼자 산다고 했었다.

아내 얼굴이나 한번 보고 갈까, 하는 생각이 들었지만 됐다.

어차피 꿈인데. 곧 깰 것 같으니까 젊은 시절 내 모습과 옛 정취나 물씬 느끼고 돌아가자.

'이 시절에 또 뭐가 있었더라.'

집에는 서울 가서 일자리 구하겠다고 말하고 상경해 하라는 일은 안 하고 밴드를 결성했었다.

아버지가 그렇게 대학 가라 노래를 불렀는데 뭐 어쩌겠어? 성적이 안 되는데. 하기 싫은 공부가 억지로 시킨다고 될 리가 없잖아.

'하하, 그런데 밴드도 학벌 따진다는 걸 서울 와서 알았지.'

2024년엔 전혀 아니었지만 이 시절엔 그랬다.

밴드 음악 하는 이가 메이저에 데뷔하는 가장 빠른 방법이 대학 가요제였던 시절이니까.

'대학생이 아닌 밴드는 놈팡이 양아치 소릴 들었었지. 1988년 대학 가요제 우승 밴드가 무한궤도였지, 아마?'

故 신해철 씨의 데뷔 밴드 무한궤도. '그대에게'라는 이름의 록 음악이었다.

지금은 대단해 보이는 마왕 신해철 씨도 당시엔 부활의 김태원 씨 뒤를 따라다니던 팬클럽 멤버였다고 들었다.

이 시절 생각에 빠졌던 창현의 표정이 일그러진다. 그때, 밴드 멤버들과 대학가요제를 보며 했던 말들이 떠올랐기 때문이다.

'저것도 음악이라고.'

'한국 음악은 이래서 안 돼. 창의성은 눈을 씻고 봐도 없잖아?'

'저게 록이라고? 야, 저게 록이냐? 가요 아니냐?'

'기타리스트가 피킹 한 번 안 하는데 저따위 노래가 무슨 록이라고.'

대가리에 똥만 찼던 시절. 남의 음악이나 무시하며 현실의 시궁창을 자위하던 그때가 떠올라 버렸다.

창현은 손등으로 코를 비비며 빨개진 눈시울을 붉혔다.

“병신같이 살았지, 나도 참.”

하, 근데 왜 이렇게 춥냐?

이거 꿈인데. 원래 꿈에서도 추위를 느끼나?

러닝셔츠 차림의 창현이 몸을 웅크리며 부르르 떤다.

“대체 언제 깨는 거냐.”

그래, 옛 추억이 담뿍 담긴 꿈은 좋다 이거야. 근데 뭔 놈의 꿈이 노가다를 시키냐?

간만에 벽돌 지고 난간도 없는 임시 나무 계단을 오르락내리락했더니 삭신이 쑤신다.

그나마 컨테이너 쉼터에서 아무 옷이나 주워 입어 망정이지, 그거라도 안 했으면 얼어 죽었을 거다.

종일 일해서 번 돈이 만 오천 원.

사무소에 들러 일당을 받는 순간 눈알이 돌 뻔했다.

그러다 여기가 1989년임을 떠올리고 가까스로 욕은 안 했다.

그나마 고정으로 일하게 되어 인력사무소에 소개비 안 떼이니 이 정도이지 원래는 이보다 더 적었을 거다.

창현은 만 오천 원을 손에 쥐고 멍하게 서서 각자의 집으로 돌아가는 인부 아저씨들을 바라보고 있었다.

시야에 모든 사람이 사라졌을 때 이제 그만 좀 깨라고 고함도 질러봤지만 하늘은 여전히 묵묵하고 날씨는 추웠다.

결국 어찌 됐건 집으로 돌아오긴 해야 했다.

돌아오는 길도 순탄치 않았다. 완전히 기억에만 의존해 이 무렵 자신이 살았던 곳을 유추해야 했는데, 딱 신당 중앙시장 근처라는 것밖에 떠오르지 않았다.

지하철 노선이 어찌 되는지 기억나지 않아 지하철역으로 가보니 다행히 4호선 종점인 상계에서 창동으로 가 다시 1호선으로, 왕십리에서 2호선으로 환승하면 신당역이 나온다.

한데 다행스럽게도 막상 신당역에 도착해 보니 새록새록 기억이 떠올랐다.

지하철역에서 내리면 보이던 종합 주방 그릇 도매 상가. 골목길 옆 상가를 보는 순간 기억이 순식간에 되살아났다.

저 상가 왼쪽을 끼고 더 들어간 뒤 두 번째 골목에서 좌회전. 작은 골목길에서 두 블록을 더 가 우회전. 사람 하나 간신히 지나갈 만한 골목길을 따라 올라가면 시멘트 돌계단이 있는 2층 집이 나온다.

이 무렵, 갓 서울에 상경해 터를 잡은 곳은 신당 중앙시장 뒤편 단칸방이었다. 이때는 원룸 같은 단어도 없던 시절. 방이 하나면 그냥 단칸방이었다.

문을 열면 밖인지 안인지 분간하기 어려운 주방이 있다. 그걸 지나면 마침내 신발 벗고 들어가는 방이 나오는 구조다.

이불 하나 달랑.

받침대에 고이 받쳐둔 기타 한 대와 앰프, 바닥에는 워크맨과 카세트 테이프들이 어지럽게 널려 있다.

“이 방도 기억나네.”

한 2년쯤 살았을 거다. 2층에 주인 가족이 사는데 괜찮은 사람들이었다. 혼자 산다고 자주 반찬 같은 것도 나눠주고, 명절 때면 꼭 집에서 부친 전을 집 앞에 두고 가셨다.

보일러를 틀지 않아 그런지 방이 냉하다. 양말 신은 발로 방을 쓱쓱 밀어본 창현은 다시 주방으로 나와 보일러를 찾다 제 머리를 친다.

“아, 연탄 썼지, 참.”

연탄이 얼마나 남았을까?

연탄 창고는 집 밖에 있다.

주인댁 연탄 창고 옆에 그냥 길바닥에 몇 장 쌓아둔 것이 창현의 것이다.

그래도 네 장이나 있네. 두 장을 꺼내 익숙하게 불을 붙였다. 요즘 아이들은 연탄에 불붙이라고 하면 못 하겠지만 오롯이 이 시대를 살아온 그에겐 어려운 일이 아니다.

하얗게 재만 남은 연탄을 밖으로 가지고 나와 화단 근처에 놓고 발로 부순 뒤 재를 흩뿌리고 돌아와 새 연탄으로 바꾸었다. 따뜻해지려면 아직 한참 멀었겠지.

이불을 뒤집어쓰고 달달 떨며 대체 이게 무슨 상황인지 고민해 봤지만 도무지 이해가 안 간다.

"뭔 놈의 꿈이 노가다 하고 추위에 떠는 꿈이냐고."

슬슬 이 정도면 합리적인 의심이 들 만도 한 바로 그때.

유치하고 조잡하게 칠해진 황갈색 미닫이문이 드르륵 열리며 귀에 익은 목소리가 들려온다.

"내가 이곳을 자주 찾는 이유는 이곳에 오면 뭔가 좋은 일이 생길 것 같은 기대 때문이지. 에구에구! 그날 난 얼어 죽었다!"

뭐야, 저 대사는. 기억에 있는데? 아, 최양락 씨가 하던 고독한 사냥꾼이란 프로그램의 유행어였구나.

이불을 걷어 머리만 내민 창현은 유치한 유행어를 내뱉으며 들어오는 가죽점퍼 차림의 남자를 보고 반갑게 웃었다.

"성규."

이 녀석 이름은 박성규. 밴드의 기타리스트였다.

몸이 엄청 말라서 별명이 해골이었는데 기타리스트는 무릇 바짝 말라야 가죽옷 태가 잘 난다며 일부러 살을 뺀다 주장하지만 사실 이 녀석은 매일 라면 세 개를 끓여 먹어도 살이 안 찌는 놈이다.

성규가 엎드려 방바닥을 만지며 말했다.

"아, 저 말입니까?"

"……."

네로 25시에 나왔던 유행어. 잠깐 잊고 있었다. 이 녀석은 코미디 프로그램 중독자였다. 뭐, 당시엔 대한민국 전체가 코미디 프로그램에 열광하던 시절이긴 했지.

성규가 이불을 끌어당긴 후 바닥에 깔고 드러눕는다.

"영숙이! 숙제했어?"

서세원 씨의 유행어를 지껄이며 누워서 데굴데굴 구르는 녀석. 그때는 짜증 났는데 근 40년 만에 이 녀석을 보니 반가운 마음이 앞선다.

"일 끝내고 방금 왔다."

"오, 피곤하겠다."

"어, 피곤하네."

"라면 먹을래?"

"네가 끓일 거냐?"

"당연하지. 집주인한테 라면 심부름까지 시킬 순 없으니까."

성규가 벌떡 일어나 주방으로 가려다 멈칫하더니 문고리를 붙잡고 창현을 바라본다. 창현이 그런 성규를 빤히 보다 물었다.

"왜?"

"이상한데."

"뭐가?"

"너 방금 나랑 말 몇 마디 했지?"

"그건 왜?"

성규가 손가락을 꼽아보다 고개를 든다.

"다섯 마디도 넘게 했는데?"

"그게 뭐?"

"천하의 백창현이 말 다섯 마디 하는 동안 욕을 한 번도 안 한다고?"

"……."

그래, 그때는 그랬지. 말끝마다 씨X, 씨X.

너도 나이 먹어봐라, 나이 먹고 욕하면 얼마나 없어 보이는데.

"이제 욕 안 해."

"왜?"

"그냥."

"그냥?"

"어, 없어 보여서."

성규는 이상한 눈으로 창현을 내려보다 고개를 절레절레 흔들며 나간다.

"잘났어, 정말!"

사랑의 굴레에서 고두심 씨가 만들어낸 유행어. 끝까지 유행어 잔치를 벌이며 라면을 끓이러 나가는 녀석의 모습을 본 창현이 싱긋 웃었다.

"그래, 이 무렵 내 방은 밴드 녀석들의 아지트였지."

문을 아예 안 잠그고 살았기에 자신이 일하는 도중에도 밴드 놈들이 들러 라면을 먹거나, 술을 마시기도 했던 사랑방. 그러니 방금 성규도 서슴없이 들어온 것이다.

녀석이 나간 방에 이놈이 늘 쓰던 아버지 스킨 냄새가 진하게 난다.

코를 킁킁거린 창현이 고개를 갸웃거렸다.

"꿈이 원래 냄새도 느껴지나?"

아무래도 이상하다. 이거 아무래도 뭔 일이 난 것 같은데. 설마 이거 진짜야?

'이게 꿈이 아니라고? 진짜 어린 시절로 돌아왔다고?'

갑자기 왜? 소설이나 만화 보면 트럭에 치이거나, 도로옆 놀이터에서 공 차던 아이의 사고를 막기 위해 몸을 던지며 회귀하던데.

자신은 그냥 라면 끓여 먹고 자빠져 자다가 회귀를 한다고? 왜, 뭘 잘했다고?

이불을 뒤집어쓰고 머리만 내민 후 눈알을 뒤룩거리던 창현의 눈에 한편에 세워둔 기타가 보인다.

딴에 이 집 안에서 제일 비싼 보물이라고 잘 모셔둔 것 같은데 사실 저건 처음 자신의 돈으로 산 싸구려 기타다.

브랜드도 없다. 그냥 대충 아무 이름이나 갖다 붙인 국

산 기타인데, V 타입의 바디가 예뻐서 눈이 돌아 모양만 보고 산 거다.

'소리도 참 더러웠지.'

나중에 1987년 모델의 좋은 기타를 구입하긴 했지만 그건 한참 뒤에 중고로 산 것이다.

줄을 얼마나 낮게 세팅했는지 연주 도중에 픽업에 자꾸 줄이 닿아 할머니 비명 소리 같은 게 났다.

게다가 픽업 셀렉터는 왼쪽으로만 움직이고, 스트랩 핀은 맨날 빠져서 자주 돌려줘야 했던 기억이 난다.

'그래도 저걸로 무대에 섰었는데.'

처음에는 스탠드바에서 일자리를 찾다가 메탈 밴드를 찾는 스탠드바가 없어, 결국 일해서 모은 돈으로 창고를 빌려 공연을 했었지.

지인 스무 명 앉혀놓고 진행한 첫 공연이었지만 정말 설레는 경험이었다.

벽에 달력이 걸려 있다. 1989년 1월. 며칠인지는 모르겠다.

'내가 1988년 10월에 제대했으니까 딱 제대 후 서울 상경해서 두 달 지났네.'

현재 군(軍) 복무 기간은 18개월. 그것도 길다고 난리지만 자신이 입대한 시대엔 무려 30개월이었다. 85년도에 입대해 88년 가을에 제대 후 서울에 왔다.

당시 이병 봉급이 3,500원이었고, 병장 봉급이 4,600원이었는데 제대할 때까지 거의 돈을 쓰지 않아 사회에 나왔을 무렵엔 10만 원가량의 거액을 가지고 나왔었다.

아마 1989년도 담뱃값이 500원이었던 것으로 기억한다. 그러니 10만 원은 꽤 큰돈이었다.

당시 근로자 평균임금이 54만 원이었는데 지금도 그렇지만 근로자 평균 임금은 항상 내 월급보다 높다. 현대의 기준으론 70만 원 가까이 되는 가치가 10만 원이다.

버스 요금이 140원이었고, 라면은 100원, 소주는 300원 정도였다. 지하철은 아까도 봤지만 4호선까지 밖에 없었고.

그러니까 지금 자신은 핸드폰은 말할 것도 없거니와 호출기도 없는 시대로 돌아와 버린 것이다.

"와, 미치겠네."

에이, 아니겠지. 밤에 자고 일어나면 다시 황학동 사글셋방일 거야. 이게 진짜일 리 없잖아? 임정희 씨 노래 가사도 아니고 말이야.

문이 벌컥 열리며 성규가 뛰어 들어온다.

"받침! 받침!"

"……."

기억이 가물가물하니 일단 주변부터 둘러봤다. 바닥에 월간 팝송이란 잡지가 굴러다닌다.

"여기."

얼른 잡지를 잡아채 바닥 중앙에 놓자 뜨거워 죽겠다는 얼굴의 성규가 냄비를 내려놓고 냅다 제 귀를 붙잡는다.

"오, 씨X 존X 뜨겁네. 잠만, 김치 가져올게."

성규가 다시 주방에 나가 김치를 가져온다. 저건 지난달에 주인댁 아주머니가 주신 거다. 그래서 여전히 큼지막한 김치 통에 들어 있다.

뚜껑을 열어 커다란 배추 잎사귀 하나를 꺼내 손으로 쭉쭉 찢은 성규가 라면 냄비에 김치를 넣고 젓가락으로 마구 젓는다.

"완성!"

"……."

그래, 이 녀석은 항상 이렇게 먹는 버릇이 있었지. 그러고 보니 매번 라면 얻어먹는 게 미안해서 항상 소주 두어 병은 사오던 녀석이었는데.

성규가 슬그머니 품에 손을 집어넣는 걸 보니 오늘도 그런 모양이다.

"소주 신을 영접하라!"

"하하, 미친놈."

"오, 드디어 백창현 나리가 돌아오셨군. 욕을 하시네, 자 받아라."

"오냐."

오랜만에 옛 친구와 술 한잔 나누니 참 감회가 새롭다. 이게 전부 진짜였으면 얼마나 좋을까?

울컥 나오려는 눈물을 간신히 참느라 라면도 먹는 둥 마는 둥 하며 소주잔만 기울이자, 성규가 물었다.

"배 안 고프냐?"

"어, 점심에 함바집에서 밥을 너무 많이 먹었나 봐."

"내가 다 먹는다?"

"어, 먹어라. 대신 소주는 내가 마신다."

"그건 허락할 수 없다, 친구여."

"하하."

한 잔, 두 잔 마시다 보니 어느새 얼굴이 붉어진다. 그때, 또 한 녀석이 문을 벌컥 열고 소리 지른다.

"이 새끼들이! 지들끼리 처먹네!"

용준이다. 조용준. 이 녀석이 우리 드러머였지.

이놈도 역시나 키는 큰데 말랐다.

당시 창현은 있는 건 자존심과 외모 부심밖에 없던 놈이었기에 록을 하려면 이 정도 외모는 되야 한다 주장했다. 그래서 이런 녀석들로 팀을 꾸렸다.

이놈은 나중에 낙원 상가에서 일을 하다 결국 작은 가게 하나를 인수해 악기 판매상이 된다.

용준이는 추운 날씨에 꽤 오래 걸었는지 몸을 움츠리고 뛰어 들어와 이불 밑으로 파고든다.

"방이 왜 이래? 추워."

성규가 젓가락을 입에 물고 말했다.

"창현이 좀 전에 들어와서 그래. 아까 연탄 넣었으니까 좀 기다려."

"으으, 추워."

"야, 빈손으로 왔냐?"

이불 속 용준이 부스럭거리다 봉투 하나를 툭 던진다. 역시 소주 두 병이다. 이놈의 집은 입장 티켓이 소주였던 모양이다.

용준이 이불 속에서 고개를 들고 물었다.

"진욱이는?"

하나의 이름.

그것을 듣는 순간 창현의 몸이 굳었다.

좋은 추억들이 와장창 깨져 버린다.

최진욱. 밴드의 베이스 기타리스트이자, 이 무리의 마지막 멤버.

그리고 또 한 가지.

이놈은 마약 중독자였다. 그리고 젊은 시절 찬란했던 밴드 전체를 해산시킨 주범이었다.

이때만 해도 마약 하는 놈이 꽤 많았다.

그러다 대한민국 대검에 마약 수사과가 신설된 1889년 2월 이후에 무더기로 검거됐었다.

진욱이 녀석도 한창 밴드가 전국 투어를 도는 중에 붙잡혔고, 녀석 덕분에 미리 예약해 둔 공연장에서 서지 못했다.

왜냐고? 밴드 멤버 한 명이 조사를 받으면 나머지 전체가 끌려가 조사를 받는다. 그러니 공연을 못 할 수밖에.

예약금으로 걸어둔 전 재산을 탕진하고, 진욱이 녀석은 바로 재판을 받고 수감됐다.

다행히 성규와 용준이는 약에 손을 대지 않았지만 우린 마약에 손댄 밴드로 낙인찍혀 각자의 부모님께 귀를 잡혀 끌려갔었다. 그리고 그렇게 밴드는 순식간에 와해되었다.

창현이 눈알을 굴려 다시 달력을 보았다.

"성규야."

"어."

"오늘 며칠이냐?"

"며칠인지 모르고 사냐, 한심한 인생이네. 오늘 1월 10일 아니냐. 신년 밝은 지 열흘 만에 날짜 까먹는 이 한심한 중생을 어찌할꼬."

"……."

1월 10일.

정확히 날짜는 기억나지 않지만 진욱이 녀석이 체포되는 건 4월 무렵이다. 용준이 삼촌 봉고차를 빌려 전국 투어를 떠나고 두 번째 공연인 청주 라이브를 마친 후 바로 체포됐었다.

"용준아."

이불에 폭 감겨 있던 용준이 고개만 돌린다.

"어."

"진욱이 요새 뭐 하냐?"

"몰라 묻냐?"

"어."

솔직히 모르지 않겠지, 단지 기억이 안 나는 것일 뿐. 용준이 한심한 얼굴로 말했다.

"네가 모름지기 밴드라면 전국 투어 정도는 해줘야 된다고 4개월간 돈 모으라고 했잖아. 두당 40만 원 모으기가 쉽냐, 쉬워? 진욱이 새끼 맨날 지 아버지 정육점 나가서 일하고, 너랑 나는 공사판 가서 일하는데 잊을 걸 잊어라, 새끼야."

"……."

그래, 진욱이 녀석 집이 도축업을 겸한 정육점을 했었지.

어린 시절 철없던 동네 꼬마 놈들이 하도 백정 아들이라고 놀리는 바람에 삐뚤어졌다고 들었다. 우린 절대 진욱이 앞에서 그 단어를 입에 올리지 않는다.

성규가 벽에 등을 기대고 앉아 소주병을 쥐고 물었다.

"용준이, 너 얼마 모았냐?"

"20만 원 좀 안 된다. 씨X, 존X 힘드네. 앞으로 두 달 안에 될까?"

"글쎄."

"하, 부잣집 도령은 좋겠네."

"흐흐."

용준이 옆으로 드러누워 성규에게 삿대질을 한다.

"어이, 부잣집 도령. 너네 아버지께 투자 좀 해달라고 하면 안 되냐? 너희 아버지 음반 사업 쪽 투자 일 하신다고 안 했냐?"

성규가 손사래를 친다.

"야, 말도 마. 메탈 한다고 했더니 몽키 스패너 들고 덮치더라. 씨X 죽을 뻔했네."

그래, 성규는 집이 부자다. 강남 아파트도 7,000만 원 정도면 사던 시절이었는데 이 녀석 집은 삼청동에 있는 1억이 넘는 대저택이었다.

공부에 관심이 없어 밴드로 떠돌다가 창현이 발굴해 함께 의기투합한 사이지만 사실 이 멤버와 함께할 집안 녀석은 아니다.

아니, 지금 이게 문제가 아니지.

"성규, 용준아."

두 녀석이 동시에 창현을 바라본다.

"너희 진욱이 녀석 약 하는 거 알고 있냐?"

두 녀석의 눈이 동그래진다.

"뭔 약? 감기 걸렸어?"

"……."

"뭔 약인데."

"알잖아."

"뭘 알아?"

순진한 성규는 눈만 깜빡였고 용준의 얼굴이 심각해진다.

"설마 뽕 말하는 거냐?"

"어."

"미친."

성규가 무릎으로 기어와 창현의 멱살을 잡는다.

"진짜냐? 증거 있어?"

"확실해."

"아, 그 씨X 새끼가!"

용준이 미간을 좁힌다.

"어떻게 알았어?"

창현이 고개를 숙이며 말했다.

"어찌어찌 알았다. 근데 내가 아는 사람 말이, 곧 대검에 마약 수사과가 신설된다더라. 연예인이나 유명인부터 잡아넣고 잔챙이 칠 때 진욱이 녀석도 걸릴 것 같아."

성규가 머리를 쥐어뜯었다.

"와, 씨X. 꼰대가 알면 난 뒤졌다."

용준은 여전히 안 믿기는지 고개를 저었다.

"직접 본 게 아니니 못 믿겠다."

창현이 이불을 벗으며 일어났다.

"진욱이 집에 가자, 직접 가서 보면 알겠지."

두 녀석이 멍한 얼굴로 창현을 바라본다.

"집에?"

"그 녀석 부모님 집에 같이 사는데?"

창현이 윗도리를 입으며 말했다.

"어머니는 집에 계실 테니까 가자."

이 시대엔 친구 집에 몰려가 노는 것이 일상이었다.

연락할 수단도 없으니 밖에서 약속을 잡다 길이 어긋나면 만나기 힘들기 때문에 누군가의 집에 몰려가 있다가 함께 외출할 때가 많아 진욱이 녀석의 집에도 자주 가봤다.

솔직히 기억이 안 나서 조금 물러나 두 녀석을 따라 눈치껏 걸어 도착한 진욱이네 집.

연초에 고기 주문이 많아 진욱이는 아버지와 함께 야근 중이라고 한다. 하지만 그 시절 우리네 어머니가 다 그렇듯 진욱이 어머니는 아들이 없어도 친구들을 집에 들이신다.

"진욱이 방에 가 있어, 아줌마가 과일 갖다줄게."

"감사합니다, 어머님."

커다란 도축장과 정육점 두 군데를 동시에 운영하는 집답게 꽤 산다. 침대와 책상, 방에 TV와 비디오 플레이어도 있는 좋은 방이다.

만약 이 녀석이 이런 집에 혼자 살았다면 여기가 우리 아지트가 되었을 거다.

용준은 어머니가 나가자마자 진욱이 녀석 방을 뒤지기 시작했다. 책상을 비롯해 책장과 침대 매트리스까지 들어 보았지만 약 비슷한 건 보이지 않는다.

용준이 한참을 뒤지다 침대에 앉으며 창현을 노려보았다.

"봤지? 없지?"

성규가 침대 밑에 기어들어 갔다 나오며 말했다.

"여기도 없는데?"

창현은 가만히 방을 둘러보았다. 전문 수사관도 아니고 친구들이 방 뒤진다고 찾아낼 수 있는 곳에 약을 두는 미친놈이 있을 리가.

한참 방을 둘러보던 창현은 이 방에서 뭔가를 숨길 곳은 책상밖에 없다는 것을 인정하고 의자를 빼고 바닥에 누운 뒤 책상 안으로 쑥 들어갔다.

성규와 영준이 창현의 발 부근에 쪼그리고 앉아 묻는다.

"뭐 하냐, 너?"

창현이 서랍장 아래 밑바닥에서 뭔가를 뜯어낸다. 테이프로 칭칭 감아 둔 투명한 봉투이다.

두 녀석의 눈앞에 그것을 툭 던져놓으니 성규는 눈을 질끈 감고 이마를 붙잡았고, 용준이 녀석은 허탈한 얼굴로 주저앉는다.

"하."

봉투 속에 아주 적은 양의 하얀 가루와 불에 그을린 숟가락, 일회용 주사기가 들어 있다. 누가 봐도 마약이다.

"이제 믿겠냐?"

"……."

두 녀석의 입이 조개처럼 꾹 다물어진다. 창현이 팔짱을 끼고 봉투를 내려보다 말했다.

"너희도 알다시피 우린 메탈 밴드다. YMCA 아주머니들이 악마 새끼, 사탄 새끼라고 부르는 메탈 밴드."

성규가 세상 잃은 얼굴로 말을 받는다.

"그것도 스래시, 데스 메탈이지."

"그래, 그런 밴드 멤버 중에 한 명이 마약 관련으로 체포되면 나머지도 강도 높은 조사를 받게 될 건 당연해."

"……하, 미치겠네. 어떻게 해야 돼? 잡혀가서 머리털 다 뽑히고 손, 발톱 잘리는 거냐, 우리?"

뭘 어떡하냐, 답 없는 상황이지.

가만히 있던 용준이 물었다.

"마약 수사과 신설된다는 건 확실해?"

"어, 확실해."

"어디서 들었는데."

"아는 경찰한테."

"경찰에 아는 사람이 있어?"

"어, 건너건너 안다."

"하."

2024년이었으면 빨리 연을 끊고 내쫓아 버리는 것이 옳다.

하나 이 시대의 낭만은 그게 또 아니다. 서울 상경 후 짧은 시간이었지만 거의 매일 만나던 친구 녀석이라 정이 많이 쌓였으니까.

"성규야, 가서 어머니 모시고 와."

"……부모님께 말씀드리려고?"

용준과 성규가 둘 다 움찔한다. 창현이 한숨을 쉬며 말했다.

"이거 우리 선에서 해결 안 난다. 성규 어머님께 아버님 연락드려서 진욱이 몰래 집으로 좀 오시라고 해. 긴히 드릴 말씀이 있다고."

"후, 미치겠네. 일단 알았다."

몇 시간 후 진욱이 아버지가 집에 와 밴드 친구들을 보고 물었다.

"진욱이 놈한테 남은 일 좀 더 맡기고 오긴 왔는데. 너희들이 내게 무슨 볼일이냐?"

창현은 친구들과 아버지 앞에 무릎을 꿇고 앉아 진욱이 방에서 찾은 봉투를 내밀고 사태를 설명했다.

진욱이 어머니는 마약이란 소리가 나오자마자 펑펑 울며 오열하고 계시고, 아버지는 부들부들 떨며 화를 삭이고 계신다.

눈이 잔뜩 붉어진 아버지가 창현을 노려보며 물었다.

"너희 셋은 안 한 거 확실하고?"

"예, 아버님."

"우리 아들놈이 너희들과 어울려 다니며 약 한 건 아니라 이거지?"

"예, 확실합니다."

"하, 내 이 새끼를 당장."

"아버님 일단 진정하시고요."

창현은 다시 한번 대검에 마약 수사과가 신설된다는 이야기를 꺼냈다. 가만히 듣고 있던 아버지가 다급하게 물었다.

"그럼 어떡해야 될까?"

"아버님, 일단 진욱이 데리고 경찰서 가서 자수하세요."

"뭐야?"

"자수하면 일단 체포되는 것보다 형이 가볍습니다. 그리고 이렇게 말하세요. 마약 수사에 최대한 협조해서 진욱이 녀석에게 약 판 놈들 검거에 도움을 주겠다. 대신 징역 대신 정신병원에서 마약 중독 치료 받는 선에서 끝내달라. 이렇게 하면 당장 성과에 눈이 먼 경찰 중에 도움 줄 사람이 있을 겁니다."

"……."

아버지는 못 미더운 얼굴이다. 당연하지 않은가? 이제 갓 스물 넘은 놈이 뭘 안다고 어른에게 충고를 하고 앉았냐 이 말이다.

성규가 얼른 끼어든다.

"아버님, 창현이 아는 경찰이 이야기해 준 거랍니다."

음, 이 이야기를 경찰이 했다고 하진 않았는데. 아무튼 아버지의 표정이 바뀌신다.

"경찰이 그렇게 말했어?"

그냥 그렇다고 하자.

"예, 아버님."

"음."

아버지는 장고에 장고를 거듭하시다가 결국 고개를 끄덕인다.

"방법이 그것밖에 없겠구나."

아버지는 세 친구들을 가만히 바라보다 말했다.

"여보, 냉장고에서 소고기 좀 꺼내."

울다 지쳐 조금 진정된 어머니가 되묻는다.

"고기는 왜요?"

"내 아들놈 그냥 안 버리고 이 녀석들이 끝까지 살길 열어주는 거 못 봤어? 내 아들놈 친구들이 이렇게 하는데 애비가 대접도 안 하고 보내면 어째."

"여보, 곧 진욱이 올 시간인데."
"그럼 넉넉하게 좀 싸줘. 집에 가서 먹을 수 있게."
"알았어요, 흑흑."
어머니가 눈가를 훔치며 냉장고로 가자, 진욱이 아버지가 창현의 손을 꼭 붙잡고 말했다.
"고맙다, 내 언젠가 이 은혜는 꼭 갚으마."
"진욱이 놈이 원망이나 안 했으면 좋겠네요."
"당장은 원망스럽겠지만 나중엔 고마워할 거다."
"그랬으면 좋겠습니다, 그럼 이만 가보겠습니다."
"그래, 고맙다, 고마워. 너희들도 고맙다."
어머니가 두둑하게 싸주신 고기 세 덩이를 각자 들고 진욱이 집 앞으로 나와 담배를 한 대 물었지만 성규가 창현과 용준의 등을 떠민다.
"야야, 여기 있다가 괜히 진욱이 마주치면 뭐라고 하려고 그래? 저기 가서 피워."
음, 그건 그러네.

성규에게 떠밀려 온 골목길.
각자 담배를 태우며 자욱한 연기가 뿜어져 나온다.
한참 말없이 담배만 태우던 차에 용준이 입을 열었다.
"그럼 우리 밴드는 이제 어떡해?"
성규가 눈알을 굴리며 말했다.

"우리 아직 연습만 하고, 정식 공연은 안 했으니까 한통속으로 조사받는 일은 없지 않을까?"

용준이 눈을 부라린다.

"이 새끼가! 지금 친구가 징역 가게 생겼는데 그깟 아버지 매가 두렵냐, 꼬맹이 새끼야?"

"야! 너 우리 꼰대 못 봤지? 손바닥이 솥뚜껑만 하다고! 씨X 맞으면 뒤진다고!"

"닥쳐, 이 새끼야! 안 죽어, 안 죽는다고!"

서로 싸우는 두 녀석. 창현이 담배 불똥을 튕기며 나직하게 말했다.

"아니, 성규 말이 맞아."

성규 멱살을 잡고 있던 용준이 돌아본다.

"뭐?"

어제와 같은 오늘을 살면서 더 나은 내일을 꿈꾸는 건 기만이다.

오늘보다 내일이 더 나아지려면 당장 바꿔야 한다.

더 이상 아무도 들어주지 않는 나만의 노래는 그만할 거다.

"밴드는 여기서 해산한다."

아직 꿈인지 생시인지 잘 모르겠지만 일단은.

현실에서 안 되면 꿈에서라도 바꿔야지.

용준이 녀석이 길길이 날뛰었다.

이해는 간다. 같이 밴드 하자고 해서 원래 있던 밴드에서 배신자 낙인도 감수하며 나와서, 전국 투어 한답시고 두 달이나 공사판 노동을 하게 하더니 이제 와서 해산한다는데 어느 누가 화를 내지 않겠는가?

용준은 흥분해 남의 집 대문 앞에 쌓아둔 연탄을 발로 차며 한참을 씩씩대며 욕을 하다 침을 뱉고 사라져 버렸다.

창현은 사라지는 용준의 뒷모습을 가만히 바라보다 집으로 돌아와 방구석에 앉았다.

'진짜 과거로 돌아온 거라면.'

자신에게 진짜 다시 한번 기회가 생긴 거라면. 모두 바꿔야 한다.

'그래서? TV에 나가서 춤추며 노래한다고? 내가?'

그건 안 될 말이다. 다시 기회가 생기면 윤도현 밴드처럼, 부활처럼 사람들 마음을 열 수 있는 록을 하고자 했었다.

하지만 지금은 1989년의 대한민국. 잠시 반짝 록이 먹히던 시대도 이미 지났다. 1990년의 대한민국은 록이 완전히 죽는 시기다.

밴드 뮤지션 중 보컬만 쏙 빼간 사업가들이 그들에게 록 발라드만 부르게 시키는 시기이기 때문이다.

밴드 음악 중에 90년대에 살아남은 부활, 포지션, 애매랄드 캐슬이나 K2도 모두 록 발라드를 불러 겨우 연명했다.

록 발라드는 분명 좋은 음악이지만 그것만 먹히는 시대라고 앨범 전체를 록 발라드로만 채울 순 없다.

'결국 한국에선 답이 안 나온다.'

자신만 좋은 노래가 아니라, 누군가가 들어주는 음악을 하고 싶다.

그러나 그것이 록이 아닌 다른 장르를 한다는 뜻은 아니다. 록 스타이면서 대중성을 갖춘 인물들은 많다. 창현은 그리되고 싶은 것이다.

미국에 가야 한다. 최소 영국에 가야 한다.

이 시절 두 국가엔 인종차별이 만연했지만 2024년 미래에서 연구된 기타 주법으로, 그들이 한 번도 본 적 없는 기타 플레이로, 실력으로 증명할 자신이 있다.

'하지만 미국까지 갈 돈이 없다.'

전국 투어를 할 목적으로 모은 돈이 약 20만 원이 좀 넘고, 제대할 때 가지고 나온 돈은 이 집 보증금으로 넣었다.

다 정리해도 30만 원을 살짝 웃도는 돈으론 미국까지 갈 비행기값도 못 낸다.

'돈부터 벌어야 돼.'

하지만 어떻게?

이럴 줄 알았으면 로또 번호라도 하나 외워올걸. 아, 아직 로또는 없지 참.

하, 음악 말고는 아무 관심도 안 두고 사는 바람에 어떤 주식이 언제 오르는지도 모른다.

대강 삼성전자가 오른다는 것은 알지만 어느 시기에 바닥을 치고 어느 시기에 고점을 찍는 건 모른다는 뜻이다.

'최대한 빠르게 벌고 미국으로 가야 된다.'

앞으로 8년 뒤, 대한민국은 외환 위기로 IMF 구제금융을 요청한다. 그때가 되면 멀쩡한 집도 길거리에 나앉게 된다. 어차피 미국에 갈 거라면 그 전에 떠야 된다.

그리고 이 업계는 나이가 중요하다. 아직 20대일 때 미국에 가야 기회를 잡을 수 있을 거다.

그럼 얼마를 벌어야 될까?

'비행기값과 잠깐 버틸 수 있는 생계 유지비. 최소 500만 원은 필요하다.'

500만 원은 큰돈이 아니다. 하지만 이곳은 1989년. 대졸 노동자 평균 연봉에 달하는 금액이다. 물론 그걸로는 미국 가서 반쯤 거지꼴로 살아야 하겠지만.

창현이 바닥에 앉아 턱을 괴고 생각에 잠겼다.

'주식 정보도 모르고, 복권 번호도 모르고. 하, 내 인생 참.'

아는 게 대체 뭐냐, 대체 그 나이 먹도록 뭘 보고 듣고 산 거야, 넌?

'뭘 보고 들어. 음악만 듣고 살았지.'

창현의 머릿속은 온갖 음악으로 가득하다.

나이를 한참 먹고 나서 뒤늦게 가요 쪽도 꽤 팠었다. 오래 음악을 한 뒤라 악보만 봐도 어떤 구조로, 어떻게 흘러가는지 눈에 훤히 보여 시간을 오래 잡아먹지도 않았다.

'그렇다고 남의 음악을 훔쳐?'

돈 잘 버는 제일 빠른 방법. 의외로 간단하다.

이 시기에 잘나갔던 히트곡을 베끼면 된다. 작곡가로 이름을 날리든 직접 노래를 하든 큰돈을 벌 수 있을 거다.

하지만 창현은 뮤지션이다. 남의 창작물을 훔치는 행위는 결코 하고 싶지 않다. 그건 자존심 문제가 아닌 범죄 행위이니까.

아무도 모르니 괜찮다고? 내가 알지 않는가?

한참 상념에 빠져 있던 그때 귓가에서 갑자기 콧바람 섞인 목소리가 들려온다.

"뭐 해."

"으악!!!!!!!!!!"

창현이 뒤로 나자빠진다. 너무 놀라 누운 자세 그대로 마구 발버둥을 쳐 방의 끄트머리까지 미끄러져 갔다.

눈이 튀어나올 것 같은 창현의 눈에 자기가 앉았던 자리 바로 옆에 쪼그리고 앉은 성규가 들어온다.

"뭐, 뭐야 씨X. 안 갔냐?"

성규가 턱을 괴고 말했다.

"아까 용준이 새끼 가고 너랑 같이 이 집까지 왔는데 뭔 생각을 하기에 내 존재도 있었냐?"

"……."

아까부터 있었다고? 헐, 혼잣말 같은 거 중얼거렸으면 미친놈처럼 보였겠네. 창현이 헛기침을 하며 다시 이불 안으로 들어와 앉았다.

"그냥 생각할 게 좀 많아서."

"야, 진짜 밴드 해산할 거냐?"

이 녀석. 용준이는 그렇게 화를 냈는데 왜 이놈만 따라온 건가 했더니. 설득할 생각이었구나.

"어."

"왜, 인마. 베이스 새로 구하면 간단한데."

"너도 다른 거 해라."

"왜, 나 음악 할 건데?"

"음악 하지 말라는 소리는 아니고."

"메탈 하지 말라고?"

"어."

"왜?"

"돈이 안 되니까."

"지랄, 언제는 돈 벌려고 음악 했냐? 왜 안 하던 소릴 하고 지랄이냐?"

"……."

그래, 방바닥에 누워 외국 음악을 들으며 돈 따위는 개나 줘버리고 우린 우리 길을 가자고 의기투합했었지.

한때의 혈기로 끝내야 했었는데 너무 오래 끄는 바람에 인생이 시궁창이 되어버린 거고.

근데 어차피 성규는 나중에 아버지 회사를 물려받는다.

성규 아버지는 본래 투자자였는데 엔터테인먼트 투자로 재미를 좀 보다가 IMF 때 바짝 몸을 웅크렸다.

그러곤 자동차 문짝 만드는 공장을 했는데 나중엔 외국 유명 자동차 회사의 하청 기업 수주를 받아 잘나갔다고 들었다.

고집스러운 자신이 음악 안 하고 나가서 비겁하게 사업이나 한다고 사람 취급 안 하는 바람에 이 녀석과 멀어졌던 기억이 있다.

성규 얼굴을 보며 이 녀석의 미래에 대해 생각하던 창현의 눈이 빛났다.

'잠깐만, 사업? 엔터테인먼트 투자?'

남의 노래를 훔치는 건 싫다. 하지만 어차피 히트 칠 뮤지션에게 투자하는 건 괜찮지 않을까?

종잣돈이 없으니 성규 아버님께 투자를 건의드리는 거다. 그리고 약간의 수수료를 요구하면 되지 않을까?

"야, 성규야."

"어?"

"나 너희 아버지 좀 만나자."

"미친 새끼."

"어? 좀 만나게 해줘."

"저리 가, 미친놈아. 난 꼰대 냄새만 나도 몸에 두드러기가 나는 인간이야!"

"지랄! 너 아버지 스킨 훔쳐 바르고 나오는 거 모를 줄 알아?"

"헐, 그건 또 어떻게 알았냐?"

"내가 다 알아, 인마! 빨리 만나게 해줘, 급해."

이틀 후, 삼청동 저택 앞.

안절부절 똥 마려운 강아지처럼 왔다 갔다 하며 손톱을 물어뜯던 성규가 창현의 어깨를 꽉 붙들며 말했다.

"야, 다시 한번 생각해 봐라, 우리 꼰대 진짜 무섭다고. 과거에 건달이었다는 소문도 있어!"

창현이 인상을 쓰며 말했다.

"넌 네 아버지 이야기도 소문으로 듣냐?"

"그냥 그런 이야기가 돌 만큼 무섭다고!"

"됐으니까, 안내해. 집에 계시지?"

"하, 있긴 있는데. 와 미치겠네."

성규는 애꿎은 땅을 한참 차다 침을 뱉은 후 말했다.

"퉤! 씨X, 모르겠다. 처맞고 울지 마라."

"알았으니까 들어가기나 해."

성규의 집. 커다란 정원을 겸비한 저택의 안쪽은 북유럽 스타일로 꾸며져 있다. 정원을 지나 현관문을 여니 한 아주머니가 나오신다.

창현이 예의 바르게 허리를 숙였다.

"안녕하십니까, 어머님. 전 성규 친구 백창현입니다."

성규가 허리 숙인 창현의 뒤통수를 때리며 말했다.

"지랄, 일하는 아줌마다."

"……."

부잣집 도령은 다르네. 집에 일하는 아줌마도 있고. 예의 있는 인사 덕분인지 아주머니가 함박웃음을 지으며 안으로 안내한다.

넓은 거실. 웬만한 집 전체보다 넓은 거실 가운데 바닥에 양반다리를 하고 앉은 거구의 중년 남자가 신문을 보고 있다 고개를 들고는 냅다 인상을 쓴다.

"너 성규 이 새끼. 집구석이 여관방이냐? 며칠 만에 들어오는 거야, 이 새끼야!"

"아, 아버지."

"이리 와, 앉아!"

"저, 저기 아버지. 친구를 데려왔는데."

"뭐? 뭔 친구?"

아버지의 눈이 창현 쪽으로 돌아간다. 거친 느낌의 가죽 점퍼를 입은 성규와 달리 얌전한 스웨터에 청바지를 입은 창현을 보고 약간 진정된 성규 아버지.

창현이 냅다 절을 박는다.

"안녕하십니까, 아버님! 저 성규 친구 백창현이라고 합니다!"

"어? 어 그래."

성규 친구라고 온 놈 중에 이렇게 예의 바른 놈이 처음인지 당황한 얼굴로 얼른 신문을 옆으로 치우는 아버지.

창현이 절을 한 뒤 일어났다가 다시 무릎을 꿇고 앉았다.

"처음 뵙겠습니다, 아버님."

"오, 그래. 백창현이라고?"

"예, 아버님."

"어디 백가인가?"

"수원 백가입니다."

"오, 그래? 고향은?"

"예, 고향은 부산이고 본적은 경상남도 거창이며 30세손 현(鉉) 자 항렬입니다."

"으허허허!!"

묻지 않아도 이 시절 어른들이 좋아하는 말을 줄줄이 읊는 창현이 무척 마음에 든 아버지가 성규에게 삿대질을 하며 말했다.

"이놈아! 어른한테 소개를 할 때는 이 친구처럼 하는 거야, 알겠냐? 너 인마, 네놈 본적이 어디인지는 아냐?"

성규가 주춤거리며 손을 꼬물거린다.

"보, 본적은 서, 서울."

"나가 죽어라, 서울은 네 고향이고! 본적은 경북 청도 아니냐, 이 한심한 놈아!"

성규가 자라목이 되어 물러난다. 어지간히 무서운 아버지라고 생각했는데 알고 보니 성규 놈이 한심해 보이기는 하네.

아버지는 다시 창현을 보며 부드러운 얼굴로 물었다.

"그래, 아버님은 뭘 하시고?"

"예, 부산에서 작은 철물점을 하십니다."

"아이고, 그럼 서울엔 혼자 왔나?"

"예, 신당 중앙시장 인근에서 혼자 살고 있습니다."

"고생이 많겠네."

"젊어 고생은 사서 한다고 하지 않습니까? 제가 지금 힘들고 고통스럽다면 그건 인생이 제게 무언가를 가르치려는 때라 배웠습니다."

"으허허! 으허허! 이 친구 정말 마음에 드네 그려! 아줌마! 가서 커피 좀 내와요! 아, 자네. 장기는 둘 줄 아나?"

"예, 아버님께 배웠습니다."

배우기는 개뿔. 얼굴 볼 때마다 머리 꼬라지 가지고 한 시간씩 욕을 하시는 통에 서울 오고 처음 몇 년만 내려가서 뵙고 나중엔 연락을 끊고 살다가 돌아가신 후에 영정사진만 봤다.

창현의 장기 실력은 오로지 종일 할 일 없이 뒹구는 사글셋방 이웃들과 했던 소주 내기 장기 덕분이다.

아버님은 마음에 드는지 옆에 둔 장기판을 눈짓하며 말했다.

“한판 둘까? 내 자식새끼는 누굴 닮아서 장기를 못 두는지. 저놈은 오목도 못 둬서 알까기나 하고 자빠져 있어서 말이지.”

“예, 아버님.”

아버지가 얼른 장기판을 끌고 오며 멀뚱하게 서 있는 성규에게 말했다.

“뭘 하고 서 있냐? 집에 왔으면 옷 갈아입고 밥 먹어, 이놈아. LA 갈비 사다 놨으니까.”

“예…….”

성규는 아버지와 마주 앉은 창현을 힐끔 바라보곤 제 방으로 올라간다.

나이 스물 넘어 친구 집에 놀러 와 친구 아버지와 독대로 장기를 두는 신기한 경험. 성규 아버지는 장기에 진심인지 시종일관 진지한 눈빛으로 장기를 두고 계신다.

"음……."

"으음……."

"흠, 거기다 둔다 이 말이지."

"허? 그런 수가 있었네."

연신 감탄을 하는 아버지. 결국 외통수에 걸려 돌을 던지신다.

"이야, 자네. 장기 실력이 아주 수준급이네. 어디서 배웠나?"

"그냥 여기저기서 조금씩 배웠습니다."

"그런데 날 이긴다고?"

수줍게 웃으며 뒤통수를 긁었지만 사실 창현의 속내는 다르다.

'당연하지, 이 사람아. 원래 내가 당신보다 나이가 많았다고.'

사글셋방에 들어앉아 봐. 어떤 때는 하루에 10시간 동안 장기만 둘 때도 있다고.

황학 시장 가면 눈먼 시각 장애인도 장기를 두고 있는 모습을 심심치 않게 볼 수 있다. 자신이 거기서 산 세월이 얼만데 고작 갓 50 넘은 양반에게 지겠는가?

아버지는 다시 장기판을 보며 전 판을 복기한다.

그런 성규 아버지의 모습을 살피다 아주머니가 갖다주

신 커피를 한 모금 마신 창현이 드디어 본론을 꺼냈다.

"저, 성규 아버님."

한 손에 졸을 들고 빙글빙글 돌리며 장기판을 뚫어지게 보고 있던 아버님이 답하신다.

"음?"

"드릴 말씀이 있습니다."

손가락 사이를 빙글빙글 돌아다니던 졸이 우뚝 멈춘다. 가만히 창현을 바라본 아버지가 물었다.

"우리 아들이 뭔 사고라도 친 건가?"

"하하, 아닙니다."

"그럼, 아들 친구가 내게 할 말이 뭐지?"

"아버님이 투자자라고 들었습니다."

"그렇네."

창현이 빙긋 웃으며 말했다.

"제가 투자 종목을 제안드려도 될까요? 아, 이렇게 말하면 안 되겠네요."

멀뚱한 얼굴로 자신을 보는 아버지 앞에서 더욱 환한 웃음을 지은 창현이 말했다.

"올해 안에 히트할 가수들 앨범을 알려 드리겠습니다. 거기 투자하시죠, 아버님."

성규 아버님의 표정은 딱 이렇다.

이 미친놈은 뭐지?

도를 아십니까, 그런 건가?

성규 이놈이 이제 하다 하다 무당 새끼를 친구로 사귄 거야?

하지만 눈앞의 창현은 진지한 얼굴이다.

처음부터 날라리나 양아치로 보았다면 장기 알을 얼굴에 집어 던질 성격이지만 예의 바르고 똑 부러지며 무엇보다 또래들과 달리 말투가 차분하고, 진중하니 일단 말이나 들어보자 생각한 성규 아버지가 장기판을 옆으로 치우고 물었다.

"히트할 가수를 미리 안다고?"

"예."

"자네 신기(神氣)가 있는 건가?"

"그런 건 아닙니다."

"그럼 어찌 그런 걸 알지?"

"저는 듣는 귀가 좋습니다. 제가 눈여겨본 가수는 반드시 히트합니다. 지금껏 틀린 적이 없습니다."

"……."

새파랗게 어린 놈이 대뜸 가수의 상품성을 읽을 수 있다는 이야길 하니 도무지 믿을 수가 없다. 성규 아버지가 턱짓을 하며 물었다.

"그래, 가끔 음악은 못 하지만 듣는 귀만 좋은 평론가들이 나오긴 하지. 좋네, 그럼 누가 히트할 것 같나?"

창현이 무릎을 꿇고 앉아 허리를 숙였다.

"그 전에 약속해 주실 것이 있습니다."

"뭐지?"

창현이 바지 호주머니에서 두툼한 봉투 하나를 꺼내 바닥에 내려놓고 민다.

"재 전 재산입니다."

"음?"

"얼마 안 됩니다. 20만 원 정도입니다."

"이걸 왜 내게 주는 건가?"

"담보 정도로 생각해 주시죠."

"무슨 뜻이지?"

"성규에게 듣기로 아버님은 꽤 많은 재산을 모으신 대단한 투자자라고 들었습니다. 성규가 아버님을 무척 존경하더군요."

거짓말이다. 말끝마다 꼰대, 꼰대. 맞으면 죽네, 손바닥이 솥뚜껑이네, 원래 건달이었네 하는 소리만 늘어놓았었다.

하지만 아들이 아버지를 존경한다는데 기분 좋지 않고 배길 아버지는 없다.

아니나 다를까 성규 아버지가 흐뭇한 미소를 지으며 팔짱을 낀다.

"성규 놈이 그런 이야기를 해?"

"예, 밴드 친구들은 모두 아는 사실입니다."

"흠."

대놓고 웃지는 않았지만 웃음을 숨길 수 없는 표정. 한결 부드러워진 성규 아버지가 다시 봉투를 눈짓했다.

"그래서 이 봉투의 의미는?"

"예, 아버님이 지금껏 모으신 재산과 비할 바 아니지만, 이것은 제 전 재산입니다. 만약 제가 아버님께 드리는 정보가 틀렸다면 제 전 재산을 가져가셔도 좋다는 일종의 각오입니다."

성규 아버지가 헛웃음을 지었다. 꼴랑 20만 원 맡겨놓고 무슨. 가수 앨범 하나에 투자하려면 적어도 천만 원이 왔다 갔다 한다. 이런 작은 돈은 결코 담보로 볼 수 없다.

'하지만 이 젊은 친구의 전 재산이지.'

자신의 아들 성규는 평생 제 손으로 2,000원도 벌어본 적이 없는 놈이다. 하지만 눈앞의 청년은 아들 녀석과는 다른 사람으로 보인다.

'그릇이 달라.'

아버지 입장에서 안타까운 말이지만 사실은 사실이다. 성규 아버지는 가만히 돈 봉투를 바라보다 물었다.

"내게 정보를 주는 대가는?"

"순수익의 10%입니다."

"음."

성규 아버지가 쓴웃음을 지으며 말했다.

"수익이 없으면?"

"당연히 보상도 없지요. 또한 아버님의 시간을 낭비하였으니 제 전 재산은 가져가셔도 좋습니다."

"허? 무슨 자신감인가?"

"만약 저 때문에 투자에 실패하시면 그 돈보다 많은 손해를 보실 터인데. 자신감은 아버님께서 가지셔야 하지 않겠습니까?"

"……."

도무지 20대 초반의 청년이라고 보이지 않을 만큼 차분하고, 진중한 창현. 성규 아버지는 노련한 사업가인 만큼 눈앞의 이 친구가 무슨 일이라도 낼 놈이란 걸 알아보았다.

하지만 선뜻 투자를 결정하는 건 쉽지 않다.

"음, 과일 가게에서 과일 살 때도 맛보기 정도는 주는데. 간단한 정보 하나로 검증할 수 있겠나?"

"물론입니다."

"그건 공짜인가?"

"혹시 투자를 하신다면 조건은 같습니다."

"음, 소액으로 투자해 보지."

"좋습니다, 아버님."

"미리 말하지만 지금 투자해서 5년 후에나 원금 뽑아 먹는 장기 투자는 안 하네. 그럴 바엔 증권회사에 가서 우량주에 투자하지, 직접 발로 뛰며 가수들 앨범에 투자하지 않을 테니까."

"잘 압니다, 단기 투자로 말씀드리겠습니다."

"해보게."

창현이 무릎을 꿇고 허리만 폈다. 그러곤 눈을 감고 나직하게 노래를 부르기 시작했다.

잊어야 하는 그 이유가
내게는 아픔이었네

어디선가 들어본 노래. 하지만 성규 아버지는 바로 팔짱을 풀고 놀란 얼굴이 된다. 창현의 목소리 때문이다.

"자네, 목소리가."

창현은 성규 아버지의 말에 대꾸하지 않고 또다시 다른 노래를 부른다. 이번엔 빠르고 경쾌한 노래다.

한번을 만나도 느낌이 중요해.
난 그렇게 생각해 너무 빠른 것도 난 싫어.

짧게 두 노래를 한 창현이 눈을 뜨고 눈이 커진 성규 아버지를 보며 웃었다.

"이 두 노래를 아십니까?"

"……."

당연히 안다. 1988년에 꽤 히트한 신인 여가수의 노래였기 때문이다. 하지만 지금 성규 아버지의 머릿속에는 창현의 아름다운 미성만이 남아 있다.

"가수는 자네가 해야 되는 거 아닌가?"

"이미 음악을 하고 있습니다."

"음."

성규 아버지는 창현을 가만히 바라보다 고개를 끄덕였다.

"아네, 이지연 씨 노래 아닌가?"

"그렇습니다."

"이제 데뷔 2년 차인 가수로 알고 있네. 반짝하고 말겠지. 어차피 대상은 트로트 가수들 아닌가? 작년에도 주현미 씨가 받았고 말이야."

성규 아버지의 말은 틀리지 않다. 참고로 올해 가요 대상은 현철 씨가 받는다. 내년도 마찬가지고.

"예, 아버님. 하지만 대상을 제외한 올해의 가수상 멤버 중엔 트로트가 아닌 발라드나 댄스 가수들도 대거 포진하고 있습니다."

"음."

작년 가요 대상의 올해의 가수에 뽑힌 이 중에 트로트 가수가 아닌 이는 소방차, 이지연, 최성수, 민해경, 이선희, 김흥국, 박남정, 변진섭, 전영록 등이 있다.

현재의 대한민국 가요계는 조금씩 변하고 있으며 이러

한 정보에 민감한 사업가인 성규 아버지는 이미 이 사실을 알고 있다.

창현이 말을 잇는다.

“시간이 없습니다. 2월에 그녀의 새 앨범이 발표될 것이란 정보가 있습니다.”

성규 아버지가 미심쩍은 얼굴로 물었다.

“그런 건 업계 비밀인데. 자네가 어찌 알지?”

“저도 음악을 하는 놈입니다. 건너건너 소문을 들었습니다.”

잠시 의심스러운 얼굴로 창현을 살피던 성규 아버지가 달력을 쓱 보았다.

아직 1월 중순. 지금 앨범을 제작 중에 있다면 아마 투자자 물색 중일 거다.

만약 자신이 확인해 보고 가수가 정말 그러한 처지라면 눈앞의 청년이 가진 정보는 어느 정도 신빙성을 가질 것이다.

“그 가수는 작년에 겨우 신인상을 탄 가수이네. 2집 앨범이 히트한다는 확신이 있나?”

창현이 씩 웃었다.

‘당연하죠, ‘바람아 멈추어 다오’가 가요 톱10 5주 연속 1위를 기록하며 골든 컵을 수상하는데.’

록밖에 몰랐던 창현도 눈길이 갈 수밖에 없었던 이유. 그건 그녀가 무척 예뻤기 때문이다.

다른 여가수들과 달리 화장기가 진하지 않은 청순한 얼굴로 꾸밈없이 노래하던 그녀는 1989년에 많은 남성들을 홀렸다.

'거기서 안 끝나지, 후속 곡으로 나오는 슬픈 마이너 발라드 '슬픈 안녕'도 히트한다.'

물론 대상을 받진 못하지만 MBC와 KBS 두 방송사에서 10대 가수 상과 올해의 가수 상을 받는다.

창현이 허리를 굽히며 말했다.

"확신합니다."

"대상 받을 가수가 된다는 건가?"

"그건 아닙니다."

"음?"

창현이 다시 허리를 펴며 말했다.

"아버님."

"말하게."

"작년에 대상을 받은 주현미 씨는 외부 투자를 받지 않아도 될 만큼 내부 투자로 충분히 제작이 가능한 중견 가수입니다."

"그렇지."

"재작년의 대상 가수 전영록 씨도 마찬가지입니다."

"그렇네."

"대상 받을 가수는 이미 입지를 다진 인물들입니다. 그런 인물들에게 투자를 하면 투자 대비 수익률이 적습니다."

"허? 자네 그런 것도 아나?"

"대략적인 것만 압니다. 아버님 발끝에도 미치지 못합니다."

"허허."

적당한 겸손까지. 성규 아버지는 갈수록 창현이 마음에 든다. 아버지는 잠시 고민하다 쓱 손을 내민다.

멀뚱히 아버지의 손을 바라보던 창현이 고개를 숙이고 그의 손을 덥석 잡았다. 이 악수가 의미하는 바를 알기 때문이다.

성규 아버지가 말했다.

"박영식이네."

"백창현입니다."

박영식이 창현이 내놓은 돈 봉투를 도로 밀어주며 말했다.

"이 돈은 도로 가져가게. 내 자네를 믿어주고 싶지만 일단 소액으로 건드려 보고 확신을 가진 후, 조금 더 영역을 넓혀보도록 하지."

"감사합니다, 아버님."

이 정도면 됐다. 충분하다. 어찌 사람이 한 번에 타인을 믿겠는가?

그의 머릿속에 이지연 씨가 박히고, 소액이라도 투자를 위해 그녀의 소속 회사 사무실에 들락거리다 보면 자연스레 노래도 듣게 될 거다.

그럼 또 생각이 바뀌겠지. 그 노래는 듣는 순간 바로 흥얼거릴 수 있을 만큼 중독성이 강하니까.

박영식과 장기 한 판을 더 두는 동안 식탁에 앉아 밥을 먹으며 눈치를 보던 성규가 슬그머니 제 방으로 올라간다.

방에 와 자기 침대에 몸을 던진 성규가 베개를 끌어안으며 중얼거린다.

"와, 저 새끼. 원래 저렇게 간이 컸나? 우리 꼰대가 만만한 인간이 아닌데."

침대를 굴러다니다 결국 버릇처럼 기타를 붙잡고, Slayer의 Angel of Death 솔로를 후려갈기는 성규.

물론 집에 아버지가 계시니 앰프에 연결해 사운드를 낼 순 없어 먹먹하고 작은 소리만 나지만 사운드의 상당 부분은 성규의 상상 속에서 창문이 흔들릴 만큼 굉음으로 채워지고 있다.

한참 눈을 감고 침대에 누워 몸부림치며 기타를 치던 성규의 귀로 문 열리는 소리와 함께 창현의 목소리가 들려온다.

"뭐 하냐?"

미친놈처럼 침대에서 버둥거리며 기타를 쳐대던 성규가 벌떡 일어나자, 창현이 웃으며 물었다.

"이번엔 어느 라이브 무대에 있었어?"

성규는 항상 침대에 누워 기타를 치며 비디오로 보았던 미국 록 스타들의 라이브 공연에 기타리스트로 참가한 상상을 하곤 했다. 이번에도 그랬겠지.

성규가 기타를 치우며 말했다.

“1869 Woodstock Music & Art Fair.”

“오, 지미 핸드릭스도 있었냐?”

“바로 옆에.”

“좋았겠네, 하하.”

“아니, 씨X 그게 문제가 아니고. 야, 꼰대가 뭐래?”

창현이 성규 옆에 앉으며 웃었다.

“아버님께 꼰대가 뭐냐?”

“꼰대를 그럼 뭐라고 불러, 미친놈아. 빨리 말이나 해.”

“투자해 보시기로 했다.”

“헐? 미친놈이. 진짜로 꼰대가 네 말을 듣는다고?”

“음, 아직 완전히 믿어주시는 것 같진 않아.”

“씨X, 그걸 누가 믿어.”

“소액이라도 투자해 주시기로 했으니까 기다려 봐.”

“누구?”

“이지연 씨.”

“아, 그 예쁜 사람?”

“어.”

“새 앨범 나와?”

"어, 곧 나올 거다."
"어떻게 알았는데?"
"어찌어찌 안다."
"씨X, 넌 어째 요즘 어찌어찌 알게 된 게 참 많다?"
"세상이 다 그런 거지, 뭐."
"너 우리 꼰대 몰라서 그러는데. 저 양반은 자기 돈 십 원에 덜덜 떠는 인간이라고. 너 때문에 손해 보면 불똥이 나한테 튈 거라고, 새끼야."
창현이 손가락을 까딱인다.
"그럴 일 없으니까 믿고 기다려."
"널 뭘 봐서 믿어, 미친놈아. 아!! 돌겠네."
성규가 다시 침대에 벌렁 나자빠진다. 천장을 보며 마른 세수만 갈겨대던 성규가 중얼거리듯 물었다.
"밴드도 해산했고, 이제 뭐 할 거냐?"
창현은 침대에 바르게 앉아 꼭 쥔 주먹을 무릎 위에 올리고 말했다.
"미국에 갈 거다."
성규가 멈칫한다. 한참 천장을 보며 방금 창현이 무슨 소릴 했는지 생각해 보다 벌떡 일어난 녀석이 소리를 지른다.
"뭐? 미국? 미국이 옆집이냐, 이 미친놈아?"
창현이 빙긋 웃으며 고개를 끄덕인다.
"아주 먼 곳이지. 그리고 거기까지 가는 데 돈이 많이 들

거고.”

“그러니까, 병신아. 뭔 헛소리를 그렇게 창의적으로 하냐고.”

창현이 머리를 쓸어 넘기며 말했다.

“어차피 아직 꿈인지 생시인지 모르겠는데, 뭐 어때.”

2주 뒤, 상계동 아파트 공사 현장.

미장이 정 씨가 담배를 물고 벽 미장 마감을 하다 조수로 따라다니는 조공 녀석의 엉덩이를 발로 차며 버럭 고함을 지른다.

“이 새끼가, 정신 안 차려? 여기 꽈리 다 올라왔잖아! 이 새끼 코 빨간 거 봐라, 어제 또 술 처먹었지?”

“아오! 때리지 좀 마요!”

“이 자식이 정신을 못 차려! 이리 와, 더 맞자!”

“아, 좀!”

조공 녀석이 마구 도망을 간다. 어지러운 공사판을 요리조리 뛰어다니며 시야에서 사라지는 녀석.

“쯧.”

혀를 찬 정 씨가 다시 새 담배를 문다.

미장이 일 배우겠다고 와서 삼 일 넘기는 놈은 드물다.

40㎏ 시멘트 포대를 두어 개씩 지고 계단을 올라가 모래와 시멘트 섞는 일부터 시작해야 되기 때문이다. 아무리 빨라도 2년은 지나야 미장이 기술 일을 알려주니 생고생길이지.

방금 엉덩이를 걷어찬 놈은 그래도 한 달을 버틴 녀석이다. 잘 어르고 달래면 좋은 기술자 한 명 키워낼 수 있을 것 같지만 영 마음에 차지 않는다.

담배 연기를 뿜으며 공사 현장을 바라보던 정 씨의 눈에 벽돌 지게를 지고 나무 계단을 오르는 창현의 모습이 들어온다.

구슬땀을 흘리며 일하는 창현의 모습은 다른 일용직 노동자들과 사뭇 다르다. 남들은 쉬엄쉬엄 시간도 끌면서 적당히 일하는데, 저 녀석은 도무지 쉬지를 않는다.

남보다 많은 양의 벽돌을 지는 건 아니다. 딱 표준 이동 분량만 지고 삼 층에 올라가 벽돌을 내려놓고 한 1분 쉬나? 그러곤 다시 내려와 새 벽돌을 지게에 올린다.

다 올리고 또 1분 정도 쉰 후 다시 지게를 진다.

"건설사 사장이 와도 저렇게는 못 하겠지."

자기 사업이라도 저렇게 종일 움직이긴 어렵다.

물론 20대 초반의 젊은 몸이니 그럴 수 있겠지만 이 공사 현장에 20대 청년이 창현밖에 없는 건 아니다. 창현은 그들 사이에서도 독보적으로 성실한 녀석이다.

미장이와 잡부 간에 잦은 교류가 없었기에 말 몇 마디 해본 적 없지만 한 달에 30일을 만근 찍는 녀석이니 눈에 띄지 않을 수가 없다.

정 씨는 꽈리가 잔뜩 올라온 벽을 힐끔 바라보곤 한숨을 쉰 뒤 흙손으로 꾹꾹 눌러주다 다시 담배를 집어 던지며 욕지거리를 한다.

"에이, 씨X! 병신 같은 이놈 어디 갔어!"

방금 도망간 놈을 찾아보지만 맞기 싫어 어디 짱 박힌 건지 도무지 보이질 않는다.

"조공을 다시 뽑든가 해야지."

말은 이렇게 해도 쉽지 않다. 잡부에 비해 단가가 높지만 그만큼 힘든 일이라 대부분 며칠 버티지 못하고 나가떨어지니까. 한 달이나 버텨준 녀석이 다시 돌아오면 잘 달래봐야지.

"후."

정 씨가 1층으로 내려와 시멘트 포대 위에 앉았다. 잠시 쉬려는 차에 또 창현이 내려와 벽돌 지게를 내려놓는 것이 보인다.

자신과 눈이 마주치니 허리를 넙죽 숙이며 인사하는 창현.

"안녕하세요, 미장 어르신."

"여."

마음에 든다. 정 씨 아저씨가 자신의 고정 호칭이었는

데. 이 녀석은 어르신이라고 불러주니까 빈말이라도 기분이 좋다.

"이름이 창현이?"

"예, 어르신."

"뭘 그리 열심히 하고 그래? 대충 좀 하지."

"하하."

"앉아봐. 담배 태우지?"

"예, 어르신."

"자, 한 대 태워."

"감사합니다."

일하는 시간이지만 현장 사람은 모두 안다. 창현이 얼마나 열심히 하는 녀석인지.

작업반장이 슬쩍 음료수도 하나씩 사줄 만큼 마음에 들어 하는 녀석이 담배 한 대 태운다고 농땡이로 몰 사람은 없을 거다.

정 씨와 나란히 시멘트 포대에 앉아 담배에 불을 붙인 창현이 손가락으로 담뱃불을 가리며 고개를 돌리고 연기를 뿜는 모습에 흐뭇한 얼굴이 된 정 씨가 잘생긴 청년의 옆모습을 보며 생각했다.

'조공이 이런 녀석이면 얼마나 좋아, 그래.'

성실하고, 예의 바르고. 나이답지 않게 조숙하고. 딸이 있었다면 시집보내고 싶을 만큼 괜찮은 청년이다.

"창현 청년."

"예, 어르신."

"자네 조공 해볼 생각 없나?"

"미장이 기술이요?"

"응, 하루 일당 얼마 받아?"

"잡부 일당 만 오천 원이요."

"소개비 안 떼지?"

"예, 인력 사무소엔 첫날만 뗐어요."

"그럼 내가 일당 이만 원 줄게, 어때?"

"하하, 감사한 말씀이네요."

"할래?"

"죄송합니다."

"후, 싫어?"

"아뇨, 기술도 배우고 좋을 것 같은데 제가 일을 오래 못 해요. 미장이 기술이 하루아침에 배울 수 있는 것도 아니고 몇 년은 배워야 되지 않습니까?"

은근히 자기 기술을 칭찬해 주는 발언에 기분이 좋아진 정 씨가 물었다.

"왜, 어디 가나?"

"예, 미국 가려고 돈 모으고 있습니다."

"미국?"

"예."

"공사판에서 일해서 어느 세월에 미국 갈 돈을 모으나?"

"하하, 여기서만 돈 버는 건 아니라시요."

"응? 자네 소문 들어보니 70일이나 만근 찍었다고 하던데. 다른 일을 또 해? 쯧쯧, 아무리 젊어도 그렇게 일하면 몸이 남아나질 않아, 이 사람아."

"아뇨, 다른 일은 몸으로 하는 일이 아니라서요."

"그래? 거기선 돈 좀 버나?"

"음, 아직 안 들어왔지만 여기서 버는 것보다 많을 거예요."

"응? 그래? 가만있어 봐, 30일 만근 찍어서 월급으로 계산하면 45만 원인데. 그것보다 더 번다고? 내 친구 아들이 대기업 다니는데 그놈 월급이 60만 원이라고 하던데. 그럼 자네가 더 버나?"

"하하, 아직은 아니지만 곧 그럴 것 같아요."

"허허, 그런데 왜 공사판에 나와? 돈 더 버는 일 하지."

"그건 그냥 기다려야 되는 일이거든요. 방구석에 가만히 널브러져 있으면 꼭 예전에 한심했던 제 모습이 생각나서 일하지 않으면 안 되겠더라고요."

"허? 대단하네, 젊은 사람이. 성실해, 아주 성실해!"

"감사합니다, 어르신."

"자, 이거 반쯤 남았는데 자네 가서 태워."

"담배는 저도 있는데."

"괜찮아, 난 사무실에 많아."

"그럼 감사히 태우겠습니다, 어르신."

"그려, 들어가."

창현이 허리를 숙인 후 다시 지게에 벽돌을 쌓기 시작한다. 잠깐 식었던 땀이 다시 난다. 하지만 무척 상쾌하다.

자신을 지켜보고 있는 정 씨에게 다시 한번 눈인사를 하고 나무 계단을 오르자, 각 층마다 자기 일을 하고 있던 기술 인력들이 눈을 맞추며 웃어준다.

'내가 열심히 일하니 사람들이 내게 웃어준다.'

전생에는 자신에게 웃어주는 사람이 없었다.

왜 너희들은 내 음악을 이해 못 해?

내가 틀린 게 아니라, 너희들이 무식한 거야.

이게 진짜 음악이라고, 이 원시인들아.

난 내 음악을 할 테니 듣기 싫은 놈은 꺼져.

듣고 싶은 놈만 와서 들어, 모름지기 음악인이라면 그 정도 배포는 있어야지.

이런 썩은 태도의 놈에게 누가 웃어주겠는가?

간단한 진리를 깨닫고 나자, 등에 지고 있는 벽돌의 무게만큼 과거 자신의 옹졸하고 어리석었던 생각들이 무겁게 마음을 짓누른다.

지게를 엉덩이로 튕겨 위로 올리는 반동을 이용해 지게 끈을 꽉 조른 창현이 입술을 깨물었다.

'또 같은 인생을 살 순 없어.'

자신은 음악인이니 음악으로 돈을 벌어야 한다고 생각했었다. 다른 일을 하면 그것은 자존심을 접는 행위라고.

선배나 후배 뮤지션들 중 일부는 음악을 관두고 라면집을 차리거나, 식당 같은 걸 개업한 사람도 있었다. 가끔 돈 좀 만지는 그들이 부러운 적도 있었다.

하지만 그들이 오랜만에 자신이 라이브를 하는 가게에 왔을 때 그들의 눈빛 속엔 아직도 무대 위에 있는 자신에 대한 동경과 부러움이 담겨 있었다.

모두가 음악을 하고 싶고, 무대에 서고 싶어 했다. 그리고 자신은 그들 사이에서 오로지 음악 하나만을 보고 달려가는 가난한 음악가 행세를 하며 우쭐거렸다.

자신의 아내가 얼마나 고생하고 있는지도 모르고.

자신의 고집 때문에 주변인의 인생이 얼마나 망가지고 있는지도 모르고.

삼 층에 도착해 벽돌을 내려놓다 보니 아내 생각이 난다.

자신 대신 식당 일을 하며 돈을 벌었던 아내. 이 무거운 벽돌 짐의 무게만큼이나 힘들게 살아온 아내에 대한 미안함에 울컥 눈물이 난다.

'당연히 내가 짊어질 무게였는데…… 미안해.'

다시 사는 생은 그렇지 않을 거다.

사실 당장 문래동 방직 공장으로 달려가 아내를 만나볼까 생각해 본 적도 있었다.

하지만 무슨 면목으로?

전생에 그리 고생만 시켰는데 다음 생에 또 내 아내로 만든다고?

그건 그녀에게 고문일 뿐이다. 인간으로 해선 안 될 짓이다.

'그래도, 뭐라도 갚고 싶다. 신세 진 것이 너무 많으니까.'

하지만 어찌 갚아야 할지 모르겠다. 지금 아내는 자신을 한 번도 본 적이 없는 사람이니까.

벽돌을 내리며 생각에 잠겼던 창현은 다시 지게를 짊어지고 바삐 1층으로 내려간다.

'생각은 생각이고, 일은 열심히.'

오늘도 상계동 공사 현장에서 제일 성실한 창현은 한시도 쉬지 않고 움직인다.

1989년 2월 5일. 구정 설날 연휴가 시작되고 모든 공사가 3일간 중단되었다.

일이 없던 창현도 오랜만에 늦잠을 자고 11시가 넘은

시각에 일어났다.

꿈속에서 어린 시절 부산에 살던 할머니가 꽃밭에서 뛰노는 어린 자신의 손을 잡고 해주셨던 말씀이 떠올랐다.

쪼글쪼글한 할머니는 예쁜 들꽃이 피어난 들판에서 자신의 손을 잡고 이리 말씀하셨다.

'창현아, 더 마이 놀고, 더 마이 웃어라, 알겠제?'

'아빠는 공부만 하라고 해요, 유치원 다녀오면 맨날 숙제하라고만 하고.'

'하하, 숙제도 하고, 놀기도 열심히 놀고.'

'놀면 아빠한테 혼나요.'

'네 아빠도 인생 덜 살아서 그란다 아이가.'

'놀면 인생 망친다고 했어요, 아빠가.'

'아이다, 일도 하고 열심히 놀면 된다. 이 나이 맹키로 인생 살아보이 말이다, 성공한 인생을 산 놈이 마지막에 웃는 놈이 아니더라. 이 말이제.'

'그럼요?'

'많이 웃으며 사는 놈이 진짜 성공한 인생을 산 사람이다 안 카나.'

꿈에서 깨고, 눈을 떴지만 아직도 할머니 모습이 보인다.

그때는 왜 몰랐을까?

그리도 많은 마음이 담긴 할머니의 말씀을 어찌 못 알아들었을까?

뭐, 당연하지. 여섯 살 때였는데 알아듣는 쪽이 이상한 거다.

많이 웃고 살자.

열심히 살자.

내가 지금 이 순간 무얼 위해 사는지 항상 생각하자.

달력에 빨간색으로 표기된 설날 표기.

짧은 연휴에 일하러 다니느라 기차표를 못 구해 고향에 내려가진 못했지만 부모님께 전화 한 통 드리자. 과거엔 안부 전화도 안 하고 살았지만 다시 사는 생에선 그러지 말자.

주섬주섬 옷을 입고 집 밖으로 나와 근처 공중전화 부스로 갔다.

설 연휴라 그런지 평소보다 사람이 더 많다. 일반 주택지에 살았다면 오히려 한산했겠지만 자신이 사는 곳은 신당중앙시장 근처라 설에 할 음식 재료를 사러 나온 주부들이 바글바글하다.

공중전화 부스에 가니 전화를 하던 여고생이 뒤를 자꾸 바라보며 눈치를 본다.

그 모습을 보니 슬며시 웃음이 나왔다. 자신도 아내가 여자 친구이던 시절, 오래 통화하고 싶은데 누가 뒤에 줄을 서면 눈치가 보여 끊고 다시 줄을 서서 전화를 했던 기억이 났기 때문이다.

창현은 말없이 담배를 물고 멀찍이 떨어졌다.

전화를 하러 온 줄 알았는데 그냥 담배를 태우러 나온 동네 아저씨인가 보다 한 여고생이 편한 마음으로 재잘거리는 소리가 작게 들려온다.

문이 닫혀서 대화 내용까지는 못 들었지만 조금 전보다 훨씬 밝은 음색이다.

맑은 겨울 하늘을 올려보며 담배 연기를 내뿜은 창현이 중얼거렸다.

‘아무에게도 피해 주지 말고, 이기적인 생각은 접고, 적당히 남을 배려하며 그냥 열심히.”

3월 초, 서울 정동교회 사거리.

1988년까지만 해도 해외 여행을 가려면 200만 원을 1년간 예치해야 하고, 남자는 제대한 사람만 가능했으며, 연령 제한까지 있었지만 1989년에 해외여행 자유화가 되며 많은 부분이 개선되었다.

그러나 여전히 여권 발급 절차는 까다롭고 외무부 여권과에서만 여권 발급이 가능해 여권 신청 한번 하려면 여섯 시간은 기본으로 기다려야 한다.

거기다 창현이 가려는 곳은 미국. 80년대에 미국 비자 받기는 하늘의 별 따기였다.

주한미국대사관 앞에는 신문지를 깔고 밤을 새우는 이도 다수였고, 여행사 직원끼리 말다툼은 예사, 인터뷰 예약 스티커를 암거래하는 사람까지 있어 그야말로 아수라장이었다.

창현은 주한미국대사관에서 나와 한숨을 쉬었다.

"또 비자 발급 거부."

벌써 두 번째다.

재산도 없고, 미국에서 초청해 줄 지인도 없는 입장. 게다가 마땅한 직업도 없으니 미국에 가서 불법 이민자 생활을 할 가능성이 높다고 판단한 미국 대사관에서 또 비자 발급을 거부했다.

거부 확인서를 손에 쥔 창현이 입술을 깨문다.

"이런 방법으론 안 돼. 연줄이 있어야 된다."

이러다 또 미국 못 간다. 나중엔 미국 가기 쉬워지는 세월이 오지만 지금은 아니다.

그런 세월이 올 때까지 마냥 기다릴 순 없다. 아무리 미국이라도 록 트렌드가 영원히 지속되지는 않으니까.

한숨을 푹푹 쉬며 집에 돌아오니 성규 녀석이 남의 집에 들어앉아 연탄까지 새 걸로 떼놓고 구들장 아랫목에 누워 월간 팝송을 보고 있는 게 보인다.

"또 대사관 갔었냐?"

"어, 인마 3월 말인데 뭔 연탄을 때냐?"

"아직 추워, 인마. 근데 와, 진짜 미국 가려고?"

"어."

들고 갔던 가방을 툭 내려놓고 성규 녀석이 따뜻하게 데워놓은 이불 속에 발을 밀어 넣자 녀석이 신문 쪼가리를 내밀며 말했다.

"신문에 올해 해외여행 자유화되고, 여행객이 72만 명을 돌파할 전망이라고 하더라. 진짜 해외여행 자유화가 되긴 되었나 보네."

72만 명은 무슨. 30년만 지나 봐, 한 해 1,200만 명이 나간다. 코로나 때 잠깐 주춤하지만 어마어마하게 많은 이가 해외여행을 가는 시대가 곧 온다고, 이놈아.

"소주 사 왔냐? 라면 먹을래?"

성규가 제 이마를 탁 친다.

"아! 내 정신 좀 봐. 꼰대 심부름 왔는데."

"아버님이?"

"어, 너 데려오란다. 이 새끼야, 집 전화 좀 놔라. 내가 이 나이 먹고 아버지 심부름하러 여기까지 와야 되냐?"

"누가 전화한다고. 전화 비싸."

"너만 생각하지 말라고 좀!"

"곧 미국 갈 건데."

"그래도 놔!"

음, 나 때문에 이 녀석이 피해를 입는다면 생각은 좀 해봐야지. 어쨌든 지금은 별생각 없다. 창현이 일어나 다시 옷을 입으며 물었다.

"가자."

"야, 너 아버지가 찾는다는데 안 겁나냐?"

창현이 씩 웃으며 돌아섰다.

"너도 결과 알잖아?"

성규가 벌떡 일어나 뒤에 업히듯이 매달린다.

"아기 동자 어르신! 제게도 신기를 좀 나눠주시면 안 되겠습니까!"

"아, 뭐야. 놔."

"농담이 아닙니다, 아기 동자 어르신! 저도 좋은 무당이 될 자신이 있습니다."

"뭐래."

이 녀석이 이러는 것도 무리는 아니다. 자신의 호언장담대로 이지연 씨의 앨범은 일약 돌풍을 일으켰다.

가요 톱 10 5주 연속 1위라는 대업. 그것을 그녀가 이룬 것이다. 1집 앨범도 성공적이었지만 그녀의 2집은 30년 후에도 사랑받는 노래가 수록된 명반이다.

이맘때쯤 박영식이 자신을 찾게 될 거라 생각하고 마음에 준비를 하고 있었던 창현은 자꾸만 뒤에 매달려 무당이냐고 묻는 성규를 떼어내며 녀석의 집에 도착했다.

일하는 아주머니께 인사를 드리고, 거실로 들어가자 여전히 거실 바닥에 앉아 혼자 훈수 책을 보며 장기를 두고 있는 박영식의 모습이 보인다.

"안녕하십니까, 아버님."

박영식은 책에서 눈을 떼지 않고 잠시 더 바라보다 턱짓한다.

"앉게. 성규 넌 방에 가 있고."

성규가 입을 삐죽 내밀고 말없이 방으로 들어간다. 창현이 그의 장기판 앞에 무릎을 꿇고 앉자 책장을 넘긴 박영식이 물었다.

"어떻게 알았나?"

"전에 말씀드린 그대로입니다, 어르신."

책을 넘기며 손에 침을 바르던 박영식이 멈칫하곤 눈알만 뒤룩거려 창현을 바라본다.

"이지연 씨와 개인적인 친분이 있나?"

"전혀 없습니다."

"그럼 그녀의 음악만 듣고 재능을 알아봤다는 말인데."

"그렇습니다."

"가수는 노래를 한다. 하지만 음악은 다른 이가 만들어.

어떤 음악을 받는지에 따라 가수의 운명이 결정되는데 음반 하나 듣고 잠재력을 안다? 말도 안 되는 소리.”

“아버님. 이지연 씨는 단순한 가수가 아니라 직접 작곡을 하는 뮤지션입니다.”

“…….”

박영식이 놀란 눈빛으로 물었다.

“자네가 그걸 어찌 알지? 업계에서도 비밀인데.”

아주 나중에 밝혀지는 사실인데 이지연 씨의 음악 중 상당수를 작곡한 이진영이 그녀의 본명이다.

당시 소속사에서 청순한 이미지의 그녀가 저속한 사랑 노래를 직접 만드는 것이 이미지에 좋지 않다 억지를 부리며 1집엔 그녀가 작곡한 곡에 이름도 올리지 못하게 했었다.

하지만 나중엔 본명으로 작곡가에 이름을 올렸다.

“노래를 들어보면 압니다. 이 사람이 지금 남의 이야기를 하는 건지, 아님 자기 이야기를 하는 건지.”

물론 남의 이야기도 자기 이야기로 만들어 부르는 실력 있는 사람도 있지만 이 시대는 아니다. 음악엔 진심이 담겨 있어야 한다. 그녀의 노래 속엔 자신의 이야기가 채워져 있다.

박영식 정도 되는 노련한 사업가는 아마도 이 비밀을 이미 알고 있을 가능성이 높다.

박영식은 책을 든 자세로 가만히 창현을 바라보았다.

"운이 좋아 한 번은 그럴 수 있지."

아직 창현을 믿지 못하는 영식이 다시 손가락에 침을 바르며 책장을 넘긴다.

"그래, 이지연 씨 말고, 또 눈에 들어오는 가수가 있던가?"

"신인 말씀입니까?"

"아무래도 그쪽이 벌이가 되니까, 투자 접근도 쉽고."

"음."

고민하는 척했지만 사실 미리 기억을 끄집어내 정리해 두었다. 1989년에 신인상을 받는 여가수.

"있습니다."

"누군가?"

"혹시 1986년 MBC 대학가요제 보셨습니까?"

"봤네, 우리 같은 사람들이 제일 중요하게 보는 무대이니."

"스케치북이란 보컬 그룹이 나왔을 겁니다."

"음, 아네. 거기 여성 보컬이 이정석 씨와 사랑의 대화를 듀엣으로 불렀지."

"예, 그 가수가 아마 곧 일을 낼 겁니다."

"이름은?"

"조갑경 씨입니다."

"음, 처음 듣는데."

"프로그램 보셨다면 얼굴을 보시는 순간 기억이 나실 겁니다. 귀엽게 생기신 분이거든요."
"음."
"예쁜 목소리를 가진 분이라 아마 한동안 인기를 끌 것 같습니다."
"그렇단 말이지?"
"예, 아버님."
"또 있나?"
"비슷한 케이스는 양수경 씨가 있습니다."
"양수경? 들어본 것 같은데."
"예, 작년에 '바라 볼 수 없는 그대 생각'으로 첫 정식 앨범을 냈습니다."
"그럼 그 친구도 이번이 2집인가?"
"예, 상당히 잠재력이 큰 가수입니다. 투자 생각이 있으시면 이번 앨범에 하시죠."
"이번 앨범이라."
박영식이 책을 내려놓고 말했다.
"그럼 저번에 말한 이지연 씨의 다음 앨범 투자는?"
"여기까지만 하시죠."
"……."
박영식의 미간이 좁아진다.
"왜지? 이제 인기를 끌었으니 더 치고 올라가려 할 텐데. 이번 앨범에 투자한 투자자에 한해 다음 앨범 투자를 받겠다는 소속사의 제안이 있었네."

창현이 빙긋 웃었다. 박영식의 말을 다시 풀이해 보면 결국 이지연 씨에게 투자를 했다는 말이 되기 때문이다. 말없이 웃는 창현을 바라보던 박영식이 물었다.

"잠재력의 한계가 있다는 뜻으로 해석해야 될까?"

"……."

아니다. 이지연 씨는 훨씬 더 높은 곳까지 올라갈 수 있는 가수였다.

하나 언론에서 뿌린 각종 루머로 심한 마음고생을 하던 그녀는 3집 앨범을 낸 이후 잠적하고 미국에서 결혼한다. 앨범을 내놓고 활동은 안 하니 다음 앨범이 잘될 리가 없지.

"대충 그렇다고 생각해 주시면 됩니다."

"그럼 조갑경, 양수경 씨는?"

"그쪽은 한동안 더 투자해도 괜찮을 것 같습니다."

"……."

박영식은 한참 창현을 바라보다 너털웃음을 짓는다.

"이거 참, 내가 아들 녀석 친구와 대화 중인지 용한 무당과 대화 중인지 도무지 모르겠군."

박영식이 뒷주머니에서 뭔가를 꺼내 바닥에 탁 내려놓는다.

"가져가게."

"무엇입니까?"

"자네 지분."

"……."

창현은 물끄러미 누런 돈 봉투를 보았다. 꽤 두툼한 것으로 보아 적어도 백만 원 단위는 되는 것 같다. 하지만 창현은 돈봉투를 다시 밀어냈다.

"제 몫까지 투자해 주시겠습니까?"

"……."

박영식의 눈썹이 다시 꿈틀한다.

"얼마인지 보지도 않나?"

"돈을 보면 욕심이 들 것 같아서요."

"……."

박영식은 가만히 창현을 보다 폭소를 터뜨린다.

"하하하!! 하하하!! 이거 참, 속에 60 먹은 능구렁이가 앉아 있는 것 같군그래!"

헉, 이 사람. 어떻게 알았지?

박영식은 한참 웃다가 돈봉투를 거꾸로 뒤집는다. 그러자 하얀 종이로 묶인 돈다발 두 개가 바닥에 툭 떨어진다.

"200만 원이다."

"……."

헐, 한 달 내내 하루도 못 쉬고 공사판을 뒹굴어 겨우 45만 원 버는데 200만 원? 대체 얼마를 투자했길래 10%가 200만 원이야? 박영식은 놀란 창현의 표정을 보고 그럼 그렇지 하는 얼굴로 팔짱을 낀다.

"이제 가져가고 싶은 마음이 드나?"

박영식은 능글능글한 표정 속에 창현을 꿰뚫는 눈빛을 숨겼다.

두 덩어리 중에 한 덩어리만 가져가고 나머지 백만 원만 투자해 달라고 해도 합격이다.

만약 눈앞의 이 친구가 그런 선택을 한다면 다음 투자는 진짜 이 친구를 믿고 공격적인 투자를 해보려 한다.

창현은 눈앞의 돈을 보고 마음이 흔들렸다. 지금보다 훨씬 나은 집으로 이사도 가능한 액수이기 때문이다.

침이 꼴딱꼴딱 넘어가는 것을 간신히 숨긴 창현이 박영식을 바라보았다.

자신의 표정을 살피는 듯한 그의 행동. 겉은 20대지만 속은 60대에 근접한 능구렁이 창현이 그의 눈빛에 담긴 뜻을 알아챘다.

창현은 깊은숨을 내쉰 후 무릎 꿇은 자세에서 허리를 숙였다.

"먼저, 저를 믿고 큰 투자를 해주신 점 감사드립니다, 어르신. 쉽지 않은 결정이었을 텐데 말입니다."

"흠."

박영식이 입맛을 다신다.

사실 창현의 말을 듣고 움직이는 것이 옳은지 꽤 오래

고민했다.

자신 같은 사업가의 시간은 일반인의 시간과 다르다. 허비하는 시간만큼 손해를 보게 마련인 직종이라 장고를 거듭하다 일단 제작 중인 앨범에 대해 알아보려 그녀의 소속사를 찾아갔다.

이 바닥에 잔뼈가 굵은 사업가다 보니 사장과 독대해 제작 중인 그녀의 타이틀 곡을 들어볼 수 있었다.

그리고 그는 그 자리에서 바로 투자 계약서를 써버렸다. 그가 듣기에도 그녀의 곡은 히트하지 못할 이유가 없었기 때문이다.

"자네 말 때문에 알아본 것은 사실이나, 투자를 결정한 건 온전히 내 결정이었네. 이 돈은 약속이니 당연히 주어야 하는 것이고."

"예, 아버님."

박영식이 돈봉투를 눈짓하며 물었다.

"그래, 이제 어쩌겠나? 이 돈. 가져가겠나?"

창현이 힐끔 바닥에 놓인 돈다발을 보다 고개를 든다.

"아닙니다."

"전액 재투자하겠다고?"

"예."

"허허……."

"단, 바꿀 부분이 있습니다."

"음?"
"투자처를 바꾸고 싶습니다."
박영식이 팔짱을 풀고 물었다.
"방금 내게 말해준 가수들 말고 다른 가수 말인가?"
"예, 아버님."
"그게 누군가?"
창현이 결연한 얼굴로 말했다.
"변진섭 씨입니다."

3장
돛배를 찾아서

1988년에 발표한 '홀로 된다는 것'이란 노래로 데뷔 앨범부터 올해의 가수상을 받는 기염을 토한 8, 90년대 대한민국 발라드의 레전드.

하지만 이 무렵의 변진섭은 데뷔 앨범이 반짝 인기를 얻은 시점이었다.

창현의 말을 들은 박영식이 턱을 괴고 검지로 귀 주변을 톡톡 두들긴다. 그는 한참 빤히 창현을 보다 물었다.

"내게는 다른 가수들에게 투자하라고 하더니, 왜 자네가 투자할 수 있는 액수를 보고 나선 마음을 바꾼 건가?"

"변진섭 씨의 앨범은 지금 제작 회의 중에 있을 겁니다. 어쩌면 아직 협의 단계 중일 수도 있고요, 빨리 나와도 올해 가을에 나올 거라 단기 투자처로 다른 가수를 알려 드린 겁니다."

"그럼 자네도 단기로 돈을 좀 벌고, 가을에 변진섭 씨 앨범에 투자하면 되는 일이 아닌가?"

"빨리 움직여야 지분을 많이 확보할 수 있으니까요."

"……."

박영식은 창현의 답에 그를 빤히 보다 너털웃음을 짓는다.

"이거야 원. 노련한 사업가 파트너와 이야기하는 기분이군그래."

박영식이 입맛을 다시다 말했다.

"그래, 자네 말대로 빨리 붙으면 더 많은 액수를 투자하고, 조금이라도 많은 지분을 가져올 수 있지. 하지만 그건 모험이네. 앨범이 제작도 되지 않은 시점에 투자를 결정하는 투자자는 많지 않아."

"제작사가 어딥니까?"

"기획사는 쌍용 기획, 유통 사는 현대 레코드."

"쌍용 기획에 가셔서 최대한도로 지분을 매입하실 수 있겠습니까?"

박영식의 미간이 좁혀진다.

"최대한도 말인가?"

"예, 아버님."

"외부 투자 유치 최대한도라면 약 30%이네. 이천만 원가량은 투자가 되어야 가능한 숫자인 건 모르고 있군그래?"

창현이 빙긋 웃었다.

변진섭의 2집. 이 곡에 수록된 '너에게로 또 다시'는 골든 디스크 대상을 수상하는 기염을 토한다.

거기서 안 끝난다. '우리의 사랑이 필요한 거죠', '숙녀에게'라는 노래도 차트에서 1위를 한다.

'무엇보다 엄청난 히트 곡이 하나 더 있다.'

2집의 B면 마지막 곡.

처음엔 아무도 주목하지 않았던 어마어마한 히트곡이 나중에 수면 위로 떠오른다.

'희망사항.'

밥을 많이 먹어도 배 안 나오는 여자, 난 그런 여자가 좋더라.

2024년에 나왔다면 온 세계 페미니스트가 다 들고일어날 황당한 가사의 노래. 이 곡은 가요 톱10 5주 연속 1위로 골든 컵까지 수상한다. 하나의 앨범에 1위 수상 곡이 무려 네 곡이나 들어간 앨범인 것이다.

창현이 눈앞에 쌓인 돈다발을 박영식 쪽으로 밀며 말했다.

"아버님께서 투자 결정을 하시는 건 자유입니다. 하지만 전 이 돈 전부를 변진섭 씨의 다음 앨범에 투자하고 싶습니다."

"……."

박영식은 한참을 고민했다.

"이번에도 잠재력 타령을 할 건가?"

"충분히 그럴 수 있는 능력이 있는 가수입니다."

"자네의 정보력도 한계가 있겠지. 변진섭 씨는 말이네. 원래 가수로 밥 먹고 살 생각이 없는 사람이야. 생업을 목적으로 음반을 내놓는 것이 아니라 일반인으로 살아가며 가끔씩 노래를 하겠다고 말하는 가수이네."

"예, 하지만 그는 절대 그런 인생을 살 수 없을 겁니다."

"왜?"

"자신이 가진 능력을 스스로 알지 못하고 있기에 한 말이기 때문입니다. 곧 스스로 깨닫게 될 겁니다. 자신의 능력이 얼마나 대단한지."

"음."

박영식이 혀를 차며 물었다.

"얼마나 팔릴 것 같나?"

"앨범 말입니까?"

"그래."

솔직히 모른다. 그런 것까지 기억하고 있지는 않으니까. 머릿속에 음악에 대한 정보는 가득 들었지만 돈이 오가는 내용에 대해선 거의 모른다. 당시 엄청난 히트를 했다고 했으니 대략적으로 둘러대자.

"못해도 100만 장은 나갈 거라고 생각합니다."

"허? 자네 미쳤나?"

"확실합니다."

확실히 기억나진 않지만 공식 집계로 200만 장에 육박하고 비공식 집계로 280만 장이 넘게 나갔다고 들은 기억이 있다. 문제는 아주 가물가물한 기억이란 것이지만.

박영식은 고개를 절레절레 흔들며 말했다.

"말도 안 되는 소리. 대한민국 시장은 미국이 아니야. 그렇게 많은 앨범이 팔린다는 건 믿을 수 없네."

음, 당연히 저리 생각이 될 거다. 창현이 고개를 숙이며 말했다.

"예, 과장이 조금 섞였습니다. 하나, 이번 앨범이 크게 성공할 거란 건 정말입니다."

본래 '너에게로 또 다시'는 가수 최호섭 씨가 부를 예정이었다가 컨셉이 안 맞아 무산되었다. 그러곤 이문세 씨에게 갔지만 앨범 컨셉과 맞지 않다는 이유로 고사.

그 노래가 변진섭 씨에게 와 메가 히트를 기록했다.

박영식은 한참이나 창현의 눈을 바라보다 제 앞에 있는 돈을 끌어당겼다.

"후회는 하지 말게."

"어차피 제 손에 쥐었던 적도 없는 돈입니다."

박영식은 돈을 챙기며 창현이 하는 말을 듣다가 실소를 흘린다.

"자네 대체 뭔가? 내 아들과 동갑내기 녀석이 아니라 한 50 먹은 인간을 상대하는 기분이네."

음, 그건 옳은 말이지.

"과찬이십니다."

"일단 알았네, 이 돈은 자네 돈이니 내가 투자해 주지. 내 투자 문제는 좀 더 생각해 보고 결정하겠네."

"감사합니다, 아버님."

"그리고 자네."

"예, 아버님."

"성규 놈에게 물었더니 공사판에서 일을 한다고?"

"예, 배운 기술이 없어 당분간 막일로 돈을 모으려고 합니다."

"돈 모아서 미국에 가겠다고 한다던데."

"예, 아버님."

"미국엔 왜 가나? 음악 배우러?"

"물론 배우기도 할 겁니다만, 궁극적으론 거기서 제 음악을 해볼 생각입니다."

"흠."

박영식은 볼수록 창현이 마음에 든다. 젊은 시절 저리 이루기 힘든 꿈 한번 꾸어보는 건 결코 나쁘지 않다.

결과가 좋지 않아 돌아온다 해도 미국 유학파 뮤지션이라면 한국에서 꽤 괜찮은 대우를 받을 수 있을 테니까.

아니, 영어 하나만 제대로 배우고 와도 밥 먹고 사는 데 지장 없을 것이다.

"내 아들 녀석이 자네 반만 따라갔으면 좋겠네 그려."

"성규도 잘될 겁니다, 아버님."

박영식이 혀를 차며 주머니에서 명함 하나를 꺼내 바닥에 둔다.

"연락해 보게."

"무엇입니까?"

"내 자네 이야기를 업계 사람에게 했더니 관심 보이는 사람이 있어서. 아마 중한 일을 시키지는 않을 걸세. 대충 잡일 같은 걸 시키겠지. 하지만 공사판 막노동보다는 나을 거야. 성규 말이, 자네도 기타를 친다고 하던데. 음악을 하는 친구가 손을 그리 막 써서 되겠는가?"

"아, 일자리이군요."

반갑다. 게다가 박영식의 말을 들어보니 업계 사람이란다. 그럼 음악과 관련된 일일 확률이 높다.

연줄도, 기술도, 경력도 없어 계속 공사판 막일밖에 할 것이 없었는데 참으로 잘된 일이다.

"감사합니다, 아버님."

잡부 일이면 어떠랴? 음악에 관계된 곳에서 일을 하면 그걸로 족하다.

창현은 욕심 없는 마음으로 영식이 내민 명함을 집었다가 눈이 커졌다. 번쩍 고개를 들어 박영식을 봤다가 다시 명함을 보기를 몇 번. 박영식이 실소를 지으며 말한다.

"뭘 그리 보나?"

"아, 아버님?"

"왜?"

"자, 장충 스튜디오라고 써 있는데. 이, 이거 맞습니까?"

박영식이 빙긋 웃으며 팔짱을 낀다.

"음악 하는 사람이라 바로 아네 그려. 그래, 바로 그 장충 스튜디오일세."

"……."

한국 대중음악의 녹음 역사에서 가장 먼저 손꼽는 스튜디오는 네 군데다. 장충 스튜디오, 서울 스튜디오, 지구 레코드 스튜디오, 유니버셜 스튜디오.

박영식이 소개해 준 일자리는 대한민국에서 가장 좋다는 스튜디오 중 한 곳이었다.

너무 놀라 말을 잇지 못하는 창현을 보며 배시시 웃은 박영식이 말했다.

"그런 표정을 보니 이제야 아들놈 친구 또래의 나이로 보이네 그려."

"……."

"그리고 자네. 미국 비자 발급 신청에서 연거푸 물을 먹었다며? 장충 스튜디오는 미국 대사관에서 가깝네. 오가기 편할 거야."

"아버님."

박영식은 됐다는 듯 손사래를 치고 신문을 편다.

"됐네, 그만 가시게. 이건 이번 투자에 대한 사례라고 생각해 주면 될 것이고."

창현이 넙죽 엎드렸다.

"감사합니다, 아버님!"

"됐다니까. 가서 성규 방에 가서 놀다 가게."

"감사합니다, 감사합니다."

"허허, 이 사람. 자네 덕에 돈 벌었는데 이 정도도 못 해 줄까. 어서 가게."

"예, 아버님."

신난다. 과장 하나 안 보태고 당장 춤추고 싶다.

짐 옮기는 잡부 역할이나 주어지겠지만 그게 어딘가? 마침내 과거와 달리 조금 더 빠르게 음악 산업에 진입할 구실을 만들었다는 것이 중요하다.

삼 일 후, 장충동.

버스에서 내려 장충동사무소를 찾아온 창현은 감개무량한 얼굴로 건물을 올려보았다. 장충 스튜디오는 2024년에도 존재한다. 그만큼 이름값이 대단한 스튜디오이기 때문이다.

스튜디오에 올라가다 보니, 앞에 트럭이 와 있고 커다란 기계들을 옮기는 직원들이 보인다. 이 건물 전체를 스튜디오로 쓰는 것이 아니다 보니 어디로 가는 짐인지는 모르겠다.

계단을 올라 스튜디오가 있는 4층에 도착하니 문이 열려 있고, 인부들이 문을 들락거리며 짐을 옮기는 것이 보인다.

머뭇거리며 안의 눈치를 살피던 창현은 직원으로 보이는 30대 남자를 발견하고 말했다.

"저기."

남자는 창현의 말을 듣지 못하고 인부들에게 지시를 내리기에 여념이 없다.

"그건 A 스튜디오로, 거기 그건 C 스튜디오로 넣어줘요. 아저씨! 그거 밟지 마시고! 그거 얼마짜리인 줄 알아요?"

창현이 슬쩍 스튜디오 문지방을 넘자 그제서야 그의 눈이 창현을 본다.

"무슨 일로 오셨어요?"

"아, 예. 전화로 인사드렸던 백창현입니다. 박영식 사장님 소개로 왔습니다."

"아~ 기억난다. 일단 지금 바쁘니까 조금 기다려 줄래요? 새 장비들이 와서."

"제가 돕겠습니다!"

창현이 가방을 훌렁 벗어 던지고 만류할 틈도 없이 1층으로 바람처럼 달려가는 걸 멍하게 본 30대 남자가 빙긋 웃는다.

"박 사장님 말씀대로 성실해 보이는 녀석이네. 쓸 만하겠다."

1층과 4층을 오가는 길. 장비는 무거웠지만 괜찮다. 아무 의미 없는 벽돌 무게보다 가벼우며, 누군가의 소중한 음악들에 담기는 가치를 끌어올려 줄 기계들이었기 때문이다.

조심하느라 천천히 옮기긴 했지만 공사판 잔뼈가 굵은 창현의 일하는 속도는 전문 인부들과 맞먹는다.

가끔 전문 인부들도 놀란 눈으로 창현을 힐끔거리니 스튜디오 사장 입장에선 당연히 마음에 들 수밖에.

1층의 짐이 다 올라오자, 이제는 설치를 할 차례. 음향기기 판매 업체 사람들이 스튜디오로 가 설치를 하며 설명을 해주겠다 하자, 30대 남자가 말했다.

"백창현 씨."

"예."

"내가 장충 스튜디오 사장인 정화영입니다."

"아, 사장님. 죄송합니다, 너무 젊게 보여서 직원인 줄 알았습니다."

"하하, 기분은 좋네요. 시간 좀 걸릴 것 같으니까 저기 D 스튜디오 가서 좀 기다려요. 장비는 만지지 말고, 대신 악기는 연주해 봐도 괜찮아요. 그냥 기다리긴 무료할 테니까."

"제가 더 도울 일은 없을까요?"

"예, 이제부턴 엔지니어 영역이라."

"예, 사장님. 그럼 기다리겠습니다."

아까 던져두었던 가방을 다시 들고 D 스튜디오로 가자, 약 두 평 정도 되는 작은 공간이 보인다.

안쪽으로 녹음 부스가 있고, 바깥쪽 엔지니어 좌석에는 전자 악기를 비롯한 여러 악기들이 진열되어 있다.

소파에 가방을 놓고 얌전히 구석에 앉은 창현이 감격한 눈으로 스튜디오를 구경하다, 진열대에 걸린 기타 중 하나를 보고 환한 미소를 짓는다.

'1989 Fender 62 Vintage. 역시 좋은 스튜디오에는 좋은 악기가 있네.'

얌전히 기다리려 했지만 이런 기타를 보고 참을 수 있는 기타리스트는 없다. 하물며 정 사장님이 악기는 만져봐도 된다고 했으니 괜찮겠지?

앰프를 연결하지 않은 기타로 습관처럼 PANTERA의 Cowboys From Hell 전주를 후렸다.

당연히 심심하다.

Gain이 걸리지 않은 기타를 치는 건 자신에겐 무척이나 심심한 일이다.

주변을 둘러보다 담배 케이스보다 약간 큰 자그마한 물건을 발견한 창현의 얼굴이 환해진다.

"이 녀석도 오랜만이네."

주황색의 자그마한 박스. 자신과 비슷한 시기부터 음악을 시작했거나, 90년대 후반에 록 음악계에 뛰어든 뮤지션이라면 잊을 수 없는 물건.

BOSS 사에서 만든 DS-1 디스토션이다. 창현 역시 어린 시절 이 디스토션으로 한참을 놀았다.

'제대로 쓰지 못하면 끔찍한 소리가 나는 기계였지.'

이 기계는 매우 저렴한 편이다. 그래서 학생이나 돈 없는 일반인들에겐 가뭄에 단비 같은 물건이었다.

하지만 접근성과는 달리 초보자들이 아무런 생각 없이 사용하기에는 매우 까다롭고 어려운 물건이기도 하다.

너무 예민해서 미숙한 기타리스트가 쓰면 노이즈나 실수도 같이 증폭되어 표현되어 버리기 때문이다.

기타 음향을 찌그러뜨려 줄 녀석을 발견하고 나니 앰프가 간절하다. 다행히 주변에 20w 앰프가 있고, 옆에 동그랗게 감긴 케이블 몇 개가 보인다.

'소리를 줄여놓고.'

소리를 최소로 줄이고 기타와 DS -1을 먼저 연결 후 앰프까지 연결했다. 혹시 밖에 들릴까 싶어 볼륨을 1 이하로 맞춘 후, 사운드를 들으며 톤을 맞춰본다.

창현이 익숙하게 기기를 조절하며 빙긋 웃는다.

'톤이 예민한 녀석이지. 반응이 너무 극단적이어서 제대로 맞추지 못하면 미들 음역이 지나치게 깎인다. 그럼 저음이 텅텅 비며 가벼운 소리가 나지.'

묵직한 저음 톤을 빽빽하게 채워준 뒤 그제야 기타를 잡아본다. 그러곤 항상 이들의 음악을 연주할 때면 대표 사운드로 외치곤 했던 말을 마음속으로 외쳐 본다.

'We're taking over this town!!(이 마을은 우리가 접수한다!!)'

어린 시절에 할 땐 멋지게 느껴졌는데 나이 먹고 나니 중2병 중에도 가장 치명적인 난치병 같은 가사를 읊조린 창현이 전주를 연주한다.

'허공에 면도날로 이루어진 총알을 난사하는 느낌으로.'

D 스튜디오에 지옥에서 온 카우보이가 총알을 난사하기 시작한다.

정화영 사장은 B 스튜디오에서 오디오 인터페이스에 대한 설명을 들은 후, 한번 조작을 해보곤 마음에 든다는 얼굴로 말했다.

"큰돈 들인 보람이 있네요. 아주 좋아요, 다음 설명 들을 장비는 뭐죠?"

음향 기기 회사에서 나온 엔지니어가 고개를 꾸벅 숙이며 말했다.

"예, 사장님. A 스튜디오에 V18 사운드 카드를 설치 중인데 설명은 설치가 끝나면 바로 해드리겠습니다."

"아, 아직 설치 중인가요?"

"예, 다른 엔지니어가 설치 중인데 한 10분만 기다려 주세요."

"알겠습니다. 그럼 10분 뒤에 A 스튜디오로 갈게요."

정화영 사장이 흐뭇한 얼굴로 작은 인터페이스 기계를 다시 한번 살핀 후 복도로 나온다.

"아, 백창현 씨."

10분이면 짧은 미팅 정도는 할 수 있을 거다. 어차피 오늘은 새 장비가 들어온 날이라 할 일도 없으니 빨리 미팅을 마무리 짓고 보내는 편이 좋을 것 같다.

'박 사장님 말씀대로 성실해 보였어.'

온 첫날부터 장비 옮기는 걸 돕는 직원. 그것도 아직 고용 결정이 되지 않은 상황에서 먼저 일손을 도왔다.

물론 그건 면접에서 잘 보이기 위해서라고 볼 수도 있지만 그러한 행동을 하고 안 하고는 큰 차이가 있다.

'승진이 관두고 혼자 꾸리기 힘들었는데 저런 녀석이 있어주면 좋겠지.'

복도를 걸어 D 스튜디오로 가던 정화영 사장이 박영식

이 해준 이야기를 떠올렸다.

'음악 듣는 귀가 보통이 아닌 녀석이야. 데리고 있으면 분명히 자네에게 도움이 될 걸세.'

음악 듣는 귀가 보통이 아니다. 처음에는 그냥 음악 많이 들어본 녀석이라 생각했다. 그런 놈은 아주 많다. 발에 차이도록 많으니 그건 별로 신경 쓰이지 않았다.

하지만 박영식 사장의 말에 따르면 이지연 씨가 히트시킨 앨범이 나오기도 전에 그녀의 성공을 예견해 투자 이득을 보게 해주었다고 했다.

'우리 스튜디오에서 작업 중인 앨범도 한번 들려줘 볼까?'

뭐, 어차피 여기서 일하면 아직 발표되지 않은 곡들을 자연스럽게 듣게 될 터이니 한 번씩 의견을 물어보는 것도 괜찮을 것 같다.

이런저런 생각을 하며 문이 열려 있는 D 스튜디오 앞에 당도한 정화영 사장은 문 앞에서야 겨우 들릴 만큼 작게 울리는 기타 사운드에 발걸음을 멈췄다.

'아, 밴드 하던 친구라고 했었지?'

박영식 사장이 아들놈이 메탈 한답시고, 구멍도 모자라 칼로 마구 찢은 청바지에 헤진 가죽점퍼를 입고 다니는 걸 못마땅하다 푸념하던 것이 생각난다.

아들 친구라고 했으니 저 녀석도 메탈을 하는 모양이다. 빙긋 웃으며 스튜디오로 들어가려던 정화영 사장의 발걸음이 어느 순간 우뚝 멈춘다.

스튜디오 안에서 들리는 소리에 가만히 귀를 기울이는 정화영 사장.

'사운드가 심상치 않다.'

스물세 살이라고 했던 것 같은데. 어찌 저 어린 기타리스트가 이렇게 완벽한 사운드를 낼 수 있을까?

단순히 기술적인 측면을 말하는 것이 아니다. 다루기 어려운 DS -1을 쓴 사운드로 들리는데 완벽히 톤을 잡아 저음, 중음, 고음이 모두 채워져 있다.

'게다가 이 연주.'

난생처음 들어보는 곡이다.

정화영 사장은 몰래 고개만 빼고 문 열린 D 스튜디오를 보았다.

눈을 감고 기타를 후리고 있는 백창현의 모습이 보였지만 정화영 사장의 눈엔 잘생긴 창현의 모습보단 작은 사운드로 스튜디오 전체를 채우고 있는 사운드의 모습이 환상처럼 보여지고 있다.

'칼로 난도질하고 있는 것 같다! 아니, 기타로 총을 쏘고 있는 듯한 느낌이라고 해야 될까?'

어찌 이런 연주가 가능한 거지? 한국의 유명 기타리스트

들을 여럿 만나보았지만 저런 스타일로 연주를 하는 이는 처음 본다.

가장 놀란 건 그루브(groove). 메탈 뮤지션이 어찌 이런 리듬감을 표현할 수 있는 걸까?

'특이하지만 규칙적이며 매력적인 방법으로 지속되는, 말할 수 없지만 질서 있는 감각으로 듣는 사람을 끌어들이고 있다.'

드럼도 베이스도 없이 기타만 연주되고 있는데 탁월한 리듬감 때문에 마치 드럼 소리가 들리는 듯한 착각까지 든다.

메탈을 좋아하지 않는 사람이라면 어쩔 수 없겠지만 폭넓게 음악을 듣는 정화영 사장은 한순간에 창현의 연주에 마음을 빼앗겨 버렸다.

'볼륨이 조금만 더 컸으면.'

잔뜩 귀를 기울이지 않으면 세밀하고 작게 표현되고 있는 숨긴 소리까지 들을 수가 없다.

아쉬운 마음에 안쪽으로 몸을 내밀어 창현이 사용 중인 앰프를 보니 볼륨이 1 이하로 줄여져 있다.

그때, 연주가 뚝 하고 멈춘다.

정 사장이 창현을 보니 자신을 발견하고 연주를 멈춘 창현이 민망한 웃음을 지으며 슬그머니 기타를 놓는 것이 보인다.

'아쉽다.'

좀 더 들어보고 싶었는데.

창현이 기타를 조심스럽게 거치한 후 벌떡 일어났다.

"사장님, 오셨습니까?"

"아, 창현 씨."

"편하게 불러주십시오."

"그래도 될까?"

"그럼요."

"그래, 창현아."

"예, 사장님."

정 사장이 뚜벅뚜벅 걸어 들어와 창현과 함께 소파에 나란히 앉았다. 방금 창현이 연주한 기타를 힐끔 본 정 사장이 물었다.

"기타를 아주 잘 치네?"

"……."

창현은 갑자기 나타난 정 사장이 자신의 연주를 들었다는 생각에 민망하게 웃는다.

"아, 죄송합니다. 악기는 만져도 된다고 하셔서."

"탓하려는 게 아냐. 근데 그건 무슨 곡이냐?"

"아, 이거 판……."

헉, 이거 몇 년도에 나온 곡이었지?

젠장 일 났다. 이놈들은 1984년에 결성했지만 막상 데뷔 앨범은 1990년 7월에 냈다. 그러니까 이 곡은 적어도

1년 뒤에 발표되는 음악이란 뜻이다.

순간적으로 당황했지만 창현의 내적 나이는 60세에 근접한다. 마음을 차분히 한 창현이 구렁이 담 넘어가는 능글맞은 답을 내놓는다.

“무슨 곡인지는 저도 잘 모릅니다. 친구가 들려준 건데 꽤 괜찮아서 배웠어요.”

“아, 그랬어? 어떤 친구인데?”

“밴드 하는 친구인데, 아마 지들 곡은 아닌 것 같고 외국 뮤지션 곡인 것 같아요.”

“음, 그 정도 곡이 안 알려진 게 신기하네. 내가 모르는 곡도 있구나.”

당연히 모르지, 아무리 음악 많이 듣는 스튜디오 사장이라고 해도 미발표곡을 어떻게 알아?

창현이 얼른 화제를 돌린다.

“박영식 사장님이 이곳에 오면 일자리가 있다고 해서 왔습니다.”

정 사장이 고개를 끄덕인다.

“응, 승진이라고 원래 일하던 직원이 있었는데 아버님이 아프셔서 고향 내려가 집안 농사를 이어받아야 한다고 관뒀거든.”

“예, 무슨 일이든 시켜만 주시면 열심히 하겠습니다.”

“그래, 너 혹시 대학 나왔어?”

"아뇨, 못 나왔습니다. 공부는 영 취미에 안 맞아서."

"하하, 그래. 굳이 대학 나와야 하는 건 아니지. 부모님은 계시고?"

"어머니는 제가 중학교 때 병으로 돌아가셨고, 아버님만 계십니다. 부산에서 작은 철물점을 하시고요."

"군대는?"

"제대한 지 얼마 안 됐습니다."

"음, 서울엔 혼자 와 있는 거야?"

"예."

"어디 사는데?"

"신당 중앙시장 쪽에 단칸방 얻어 살고 있어요."

"힘들겠네."

"젊어 고생은 사서도 한다는데 이 정도면 고생도 아니죠."

사생활 보장이 전혀 안 되는 사글셋방에 살다 그래도 방음이 잘되는 단칸방에 사니 천국이다.

처음 회귀했을 때의 추운 날씨는 여전히 견디기 힘들었지만 3월 말이 되니 슬슬 추위도 가시고, 살 만하다.

정화영 사장은 대차 보이는 창현을 살펴보다 고개를 끄덕였다.

"좋아, 함께 일해보자."

"감사합니다!"

"원래 무슨 일 했어?"

"공사판에서 막노동했습니다."

"음, 한 달에 며칠이나 일했는데?"

"30일 풀로 일했습니다."

"정말? 안 힘들었어?"

"힘들어도 할 만했습니다."

"음, 요즘 노가다 일당이 얼마지?"

"만 오천 원이요."

잠깐 계산을 해본 정화영 사장이 관자놀이를 긁으며 민망하게 웃었다.

"그럼 월 45만 원이네. 어쩌지? 우리 쪽은 월급이 좀 낮은데. 월 20만 원 수준이야."

괜찮다. 아니, 너무 좋다. 음악에 관계된 일을 할 수 있다면 그걸로 족하다.

어차피 미국 갈 돈은 박영식 사장에게 대리 투자를 부탁한 곳에서 나올 것. 지금 자신에게 필요한 건 이 시대의 음악 산업적 경험이다.

이 시대를 이미 살아봤지만 워낙 밑바닥에서 주먹구구식으로 음악을 시작했기에 체계를 모르기 때문이다.

정 사장이 팔짱을 끼고 웃는다.

"대신 주 1회는 휴무야. 매주 화요일에 쉰다."

"하고 싶습니다, 사장님."

"그래? 원래 벌이보다 적은데 괜찮아?"

"물론입니다, 꼭 일하고 싶습니다."

의지가 잔뜩 담긴 이글거리는 눈빛을 본 정 사장이 씩 웃으며 손을 내민다.

"좋아, 잘 부탁한다."

"잘 부탁드립니다, 사장님!"

"그래, 오늘은 그만 가보고. 내일 9시까지 출근해."

"예!"

후다닥 가방을 챙겨 꾸벅 허리를 숙이며 사라지는 창현.

간만에 인생 제대로 열심히 사는 젊은 친구를 보니 퍽 즐거워진 정 사장은 창현이 나간 문을 바라보다 다시 기타로 눈길을 옮겼다.

'방금 그 기타 사운드.'

처음 들어보는 방식의 연주. 아마도 오래 기억에 남을 것 같다.

'어쩌면 나중에 크게 될 녀석이 들어온 것일 수도.'

정 사장이 씩 웃으며 A 스튜디오로 향한다.

그러다 다시 돌아서 D 스튜디오를 힐끔 본 정 사장이 고개를 갸웃한다.

'그런데 1989 Fender 62 Vintage가 원래 저런 소릴 낼 수 있는 기타였던가?'

기분이 너무 좋아 새벽 여섯 시에 눈을 떴다.

솔직히 말하면 새벽부터 출근하는 노가다 일에 익숙해져 습관처럼 일찍 눈을 뜬 것이지만 어쨌든 기분이 날아갈 것 같다.

창현은 일찍 일어나 씻고 출근을 했다. 도착해 보니 좀 이른 시간이다. 출근 시간은 9시인데 너무 들떠서 8시에 와버렸다.

첫 출근 날이라 열쇠가 어디 있는지 모르니 그냥 상가 1층 계단에 쭈그려 앉아 기다리다 보니 8시 30분쯤 정 사장의 차가 들어오는 것이 보인다.

주차도 하기 전에 창문을 연 정 사장이 놀란 얼굴로 물었다.

"왜 이렇게 일찍 왔어?"

"하하, 그냥 청소나 좀 해두려고 왔는데 생각해 보니 첫 출근이라 열쇠가 없네요."

"녀석, 그래 잠깐만 기다려."

정 사장이 빙긋 웃은 후 주차를 하고 내려선 열쇠 하나를 내민다.

"자, 보조 키다. 잃어버리지 말고."

"예, 사장님."

"들어가자."

아침 일과는 간단하다. 정 사장은 장부를 펼치고 오늘 예약 손님이 누구인지, 몇 프로를 예약했는지 확인하고 장비들을 미리 체크한다.

창현이 할 일은 청소다. 비록 신발을 신고 들어오는 곳이지만 스튜디오 바닥은 맨발로 다녀도 충분할 만큼 깨끗해야 한다. 왜냐고? 먼지도 사운드에 영향을 미치기 때문이다.

잘나가는 스튜디오가 깨끗한 이유는 사운드에 방해가 될 먼지가 없어야 하기 때문이다.

단순히 바닥뿐만 아니라 앰프나 잘 보이지 않는 뒤쪽 선에 낀 먼지까지 청소를 해주어야 하기에 아침 청소는 꽤 오래 걸린다.

이런 스튜디오에서 처음 일해보는 거라 정 사장 뒤를 졸졸 따르며 청소 방법을 배우고, 직접 해보기도 하다 보니 어느새 점심 시간이다.

정 사장이 외투를 걸치며 말했다.

"나 점심 약속 있어서 나가서 먹을 거야. 거기 서랍 열어보면 배달되는 집들 있거든? 알아서 시켜 먹어. 월로 끊어서 식비 계산하니까 그냥 영수증만 받아두고 장부에 체크해 두면 돼."

"밥도 주네요, 고맙습니다."

"뭘 당연한걸. 나 나갔다가 두 시에 들어올 거야. 세 시부터 두 프로 녹음 예약 잡혀 있으니까 C 스튜디오 잘 살펴줘."

"예, 사장님. 다녀오세요."

정 사장이 나가자 스튜디오에 창현 혼자 남았다. 뭔가 썰렁한 기분이 들었지만 그래도 기분이 좋다.

콧노래를 부르며 점심 메뉴로 자장면을 고른 후, 전화로 배달을 부탁하고 오후 예약을 살폈다. 예약자 이름은 처음 들어본다. 아마 가수가 아니라 매니저가 예약했겠지.

'C 스튜디오를 예약한 걸 보니 잘나가는 사람은 아닌가 보다.'

장충 스튜디오는 A부터 D 스튜디오까지 총 네 개의 녹음실이 구비되어 있다.

가장 비싼 건 A 스튜디오. 제일 싼 건 D 스튜디오다. C 스튜디오는 밑에서 두 번째 가격.

물론 다른 스튜디오보다 좋지만 A 스튜디오 장비에 비해 한참 떨어진다. 잘나가는 가수라면 C 스튜디오를 예약했을 리가 없겠지.

금세 자장면이 온다. 2024년에 먹던 자장면과 확실히 다르다. 뭔가 더 중독성이 있다고 할까? 단맛이 좀 더 진한 느낌인데 옛 향수가 느껴져 더욱 맛있게 먹었다.

자장면을 2분 만에 다 먹고 냄새가 나지 않게 그릇을 봉투로 감싼 후 스튜디오 밖 계단에 내어놓고 다시 들어와 시간을 보니 12시 20분밖에 안 됐다.

청소나 더 할까? 아니지, 오전 내내 청소만 했는데 뭘 더 할 게 있다고. 사장님이 C 스튜디오 체크하라고 했으니 거기나 살펴보자.

C 스튜디오로 가 장비가 다 제대로 작동하는지 간단한 테스트를 하고 다시 카운터로 왔다.

이 시대는 컴퓨터가 드문 시대라 고객 관리도 장부로 하던 시대. 카운터에 시간 때울 만한 것이 있을 리 없다.

뭘 하지 하고 고민하며 주변을 살피던 그때, 카운터 아래에 초록색 바구니 하나가 눈에 띈다.

"마이크?"

초록색 바구니 안에 마이크 수십 개가 담겨 있다. 꽤 무거워 낑낑거리며 꺼내보니 사용한 흔적이 있는 마이크다.

"고장 났나?"

작은 앰프를 들고 와 선을 연결해 보니 마이크가 작동하지 않는다. 씩 웃은 창현이 책상 서랍들을 열어 장비를 찾았다.

"심심한데 잘됐다."

가난한 뮤지션으로 평생을 살다 보니 고장이 난 마이크 수리엔 도가 텄다. 마이크가 고장 나는 경우는 십중팔구 두 가지 이유 중에 하나다. 상단의 선이 끊어졌든, 하단의 선이 끊어졌든.

마이크 하나를 집어 동그란 대가리를 살살 열어보니 역시나 빨간 선이 끊어져 있다.

서랍 속에서 찾은 인두로 납을 살살 녹여 땜질을 해 선을 연결하고 다시 테스트를 해보니 역시나 된다.

"그렇지, 내가 이건 귀신같이 고치지."

낙원 상가에 가서 고쳐달라면 그냥 새로 사라고 한다.

보통 이런 건 고쳐서 써봐야 얼마 못 가서 또 고장 난다는 말로 호구를 꼬시는데, 또 고장 나면 뭐? 다시 고쳐서 쓰면 되지. 몇 분이나 걸린다고.

두 번째 마이크도 대가리를 열어보니 이번엔 선이 멀쩡하다. 마이크 하단의 나사를 먼저 뽑은 후 케이블 연결 단자를 뽑아 보니 세 개의 선 중 하나가 끊어져 있다.

"그렇지, 이거 아니면 저거. 마이크가 고장 나는 이유는 둘 중 하나."

물론 그게 다는 아니다. 간혹 둘 다 연결되어 있어도 안 될 때가 있다. 그럴 땐 창현도 할 수 없다. 전문 기술자도 아니고 살아남으려고 배운 기술엔 한계가 있으니까.

옛 생각에 콧노래를 흥얼거리며 땜질을 하다 보니 어느새 서른 개가 넘는 마이크를 다 고쳐 버렸다.

마지막 마이크 테스트까지 마치고 깔끔하게 모두 고쳤다는 생각에 주먹을 불끈 쥐고 외쳤다.

"시원하다!"

그때, 창현의 귀로 웃음기 섞인 목소리가 들려온다.

"시원해?"

"헉."

얼른 고개를 들어보니 언제 왔는지 정 사장이 팔짱을 끼고 문 옆의 벽에 기대 자신을 보고 있다. 고개를 돌려 벽시계를 보니 어느새 두 시가 다 된 시간이다.

"아, 사장님. 식사하셨어요?"

"어, 넌 자장면 먹었더라? 밖에 그릇 있던데."

"예, 사장님."

정 사장이 창현이 고친 마이크를 만지작거리며 물었다.

"이거 다 고친 거야?"

"아, 대강 다 테스트해 봤는데 사용 가능합니다."

"하하, 녀석. 안 그래도 수리 방법 알려주려고 했는데 알아서 잘하네. 어디서 배웠어?"

"아, 뭐. 거래하던 낙원상가 아저씨가 있는데 자꾸 마이크 고쳐달라고 떼썼더니 귀찮았는지 알려주더라고요."

"하하, 얼마나 귀찮게 굴었으면."

엄청났지. 왜? 돈이 없으니까. 노래는 해야 되는데 돈이 없다.

마이크 수리가 절실하니 매번 가서 조를 수밖에 없지.

새로 살 돈 없는 거 뻔히 아는 아저씨는 결국 성화를 못

이기고 직접 수리 방법을 알려줬다.

2024년엔 간단히 인터넷 동영상으로 수리 방법을 알 수 있는 시대가 왔지만 자신의 젊은 시절엔 핸드폰도 없던 시절이니 이런 걸 배우려면 전문가에게 부탁하는 수밖에 없었다.

정 사장은 마음에 든다는 얼굴로 외투를 벗고 다시 장부를 본다.

"음, 세 시부터 두 프로이니 오늘은 9시 넘어서 퇴근하겠다. 넌 6시 되면 퇴근해, 알았지?"

"에이, 사장님 계신데 어떻게 그래요."

"됐어, 인마. 어차피 엔지니어는 난데, 넌 할 일 없잖아."

"뭐, 그런가요?"

"그래, 시간 되면 퇴근해라."

"예, 사장님. 근데 오늘 예약하신 분은 누구예요? 유명한 가수인가요?"

정 사장이 실소를 지으며 말했다.

"왜, 사인이라도 받게?"

"아, 뭐 그런 건 아니고."

"신인 가수다. 회사도 업계에 처음 발들인 신생 기업이고."

"어디인데요?"

"만선 기획? 뭐 그런 이름이야."

만선 기획? 처음 들어본다.

“가수 이름은 뭔데요?”

“음, 어디 보자.”

정 사장이 장부를 연다. 이름을 기억하지도 못하는 걸 보니 어지간히 이름값 없는 가수인가 보다.

“장석준? 그런 이름이네.”

“아, 남자 가수.”

“뭐야, 실망했냐?”

“하하, 아뇨.”

혹시 지금은 유명하지 않지만 나중에 유명해지는 가수인가 싶어 물었는데 전혀 못 들어본 가수다.

이런 일은 비일비재하다. 신생 회사가 무수히 많이 나오지만 망하기도 많이 망하는 것처럼 가수도 마찬가지이니까.

앨범을 냈다고 해도 TV나 라디오에 얼굴 한번 못 비치고 사라지는 가수는 너무나 많다. 이 사람도 그중 하나이겠지.

사장님과 이야기를 하며 장비 체크를 하다 보니 어느덧 세 시가 되었다.

정확한 시간에 맞춰 스튜디오에 도착한 이들은 단 두 명이다. 황당한 일이다. 가수가 녹음을 하는데 둘만 오다니. 게다가 둘 중에 한 명은 회사 관계자로 보인다.

정장을 입은 관계자가 사장님께 악수를 청하며 넉살 좋게 웃는다.

“아이고, 사장님. 말씀 많이 들었습니다. 오늘 잘 좀 부탁드립니다.”

사장님이 그의 손을 잡고 뒤를 힐끔 본다. 카운터에 서 있던 창현도 뒤에 있는 가수를 보았다.

통기타 하나 달랑 들고 엉거주춤 서 있는 어리숙한 남자. 더벅머리에 전혀 관리하지 않은 얼굴로 후줄근한 트레이닝복을 입은 남자가 보인다.

사장님이 물었다.

“매니저이시죠?”

“하하, 아니요. 이 친구 매니저가 아직 정해지지 않아서요. 곧 정해질 겁니다.”

“아, 그래요? 오늘 두 프로 예약하셨던데. 처음이시죠? 내일도 예약하셨던데.”

“예, 오늘 녹음해 보고 데모 확인 후에 나머지도 여기서 쭉 녹음 예정이니 잘 좀 부탁드립니다.”

“예, 알겠습니다. 이쪽으로 오시죠. 창현아? 커피 좀 부탁한다.”

창현이 고개를 끄덕이며 믹스 커피를 타러 간다.

자신 몫까지 타긴 좀 그러니 세 잔을 타 C 스튜디오로 가니 녹음 환경에 대해 설명하는 사장님과 진중한 얼굴로 설명을 듣고 있는 관계자와 장비에는 별 관심 없어 보이는 시큰둥한 얼굴의 가수가 보인다.

커피를 놓아주고 다시 나오다 보니 그들의 대화가 들린다.

“포크 음악을 하시나 보죠?”

“예, 맞습니다. 노래만 가지고 부딪쳐 볼 심산입니다.”

“다른 악기는 전혀 안 들어가요?”

“들어가죠, 나중에 세션 구해서 따로 입힐 생각인데. 혹시 좋은 세션 주자들 아시는 분 있으면 소개해 주시겠습니까?”

“무슨 악기가 필요하십니까?”

“드럼과 베이스. 음, 전자 기타는 있어도 되고 없어도 됩니다.”

“음, 그럼 일단 드럼과 베이스 칠 친구는 소개해 드릴게요. 저희 쪽과 연계한 세션 맨들이 꽤 있으니까.”

“아이고, 역시 장충 스튜디오가 최고네요. 고맙습니다.”

“자, 그럼 들어가 볼까요?”

“예, 사장님.”

관계자가 가수의 옆구리를 찌르자, 멍하게 있던 그가 화들짝 놀라 벌떡 일어난다.

녹음 부스로 들어가 자리를 잡고 앉은 그는 이런 작업이 처음인지 어리숙하게 보인다.

본인이 어디 앉아야 되는지도 모르는 가수를 밖에서 지켜보던 정 사장이 한숨을 쉬며 창현을 불렀다.

"창현아."

카운터로 돌아가 있던 창현이 쪼르르 달려와 고개를 내민다.

"네, 사장님."

"부스 안에 들어가서 안내 좀 해줘라. 저 친구 녹음 처음인가 보다."

"예, 사장님."

창현이 부스 안으로 들어가자 기타를 들고 어정쩡하게 서 있는 가수의 모습이 보인다. 우리 손님이니 좋은 결과를 바라는 마음으로 악수를 청했다.

"백창현입니다."

"……장석준입니다."

"가방은 이쪽에 두시고요, 저기 팝 스크린 앞에 서시면 됩니다."

"……팝 스크린이 뭔지."

"하하, 저기 마이크 앞에 동그랗고 까만 녀석이요. 필터 역할을 하는 겁니다."

"아, 고맙습니다."

"여기 이 버튼을 누르면 밖에 소리를 전달할 수 있어요. 마이크 꺼져 있을 때 안에서 그냥 이야기하시면 밖에 안 들리니까 말씀하시고 싶은 게 있으시면 이 버튼을 누르고 말씀하시면 됩니다."

"아, 예."

"그럼 밖에서 지시 들어오는 거 잘 보시고요. 전 이만."

"저기."

"예?"

석준이 잠시 머뭇거리다 말했다.

"실례가 안 된다면 여기 계셔 주시면 안 될까요?"

"예?"

"제가 녹음이 처음이라 너무 긴장이 되어서요."

뭐냐, 분리 불안이라도 앓고 있는 건가? 창현은 밖을 슬쩍 바라보곤 고개를 끄덕였다.

"예, 그럼 구석에 조용히 있겠습니다."

석준이 목을 푸는 소리가 들려온다. 그냥 '아아' 하는 소리를 내고 있는데 목소리가 감미로운 것이 꽤나 노래를 잘하는 것 같다.

아마도 스탠드 바 같은 곳에서 원래 노래하던 가수를 발굴해 낸 모양이다.

통기타를 잡고 천천히 연주하는 시늉을 해보는 석준. 창현은 밖에서 왜 안 나오냐는 신호를 보내는 사장님 덕분에 부스 밖으로 나가 상황 설명을 했다.

허탈한 웃음을 지은 사장님이 말했다.

"사운드 걸리지 않게 조용히 있어, 그럼."

"예, 사장님."

"안에서 지도 잘해주고."

"예."

관계자가 미안한 얼굴로 말했다.

"미안합니다. 원래 하시던 일도 아닐 텐데. 저 녀석이 신인이라 그러니 좀 이해해 주세요."

"괜찮습니다."

창현이 꾸벅 고개를 숙이고 다시 녹음 부스로 들어갔다.

사장님의 신호를 직접 받아 고개를 끄덕이는 것으로 녹음 시작을 알려주자, 보컬 녹음 전에 기타 연주 녹음이 먼저 시작된다.

Am – Em – F – C – Bm7-5 – E7으로 이어졌다가 Am – Em – F에서 G - A7sus4 – A7으로 이어지는 전형적인 한국인이 좋아하는 포크 발라드의 연주.

그런데 연주가 참 밍밍하다. 4/4 박자의 스트로크로만 연주되고 있기 때문이다.

밖에서 듣고 있던 사장님도 황당한 눈으로 관계자를 본다.

하지만 어쩐 일인지 관계자는 팔짱을 끼고 가만히 연주를 듣고만 있다. 이 정도 연주는 중학생도 하는데 뭘 들을 게 있다고.

중간에 CM7이나 G7, E7sus4 코드로 약간의 변형을 주었지만 이렇다 할 큰 변화 없는 연주를 모두 마친 석준이 고개를 들자, 밖에서 사장님의 목소리가 들린다.

【연주 끝나신 겁니까?】

창현이 알려준 버튼을 누르려 하는 석준. 창현이 얼른 만류한다.

"지금은 마이크 켜져 있어서 들려요. 그냥 말씀하세요."

"아."

석준이 멋쩍은 얼굴로 말했다.

"예, 대충 됐는데. 나중에 녹음 다시 하더라도 목 풀 겸 노래부터 해보고 싶습니다."

사장님은 괜찮다는 듯 손사래를 치며 말했다.

【예, 그렇게 하세요.】

사장님이 신호한다. 방금 녹음한 기타 연주를 깔아주는 거다. 창현이 얼른 나서며 말했다.

"석준 씨. 기타는 내려놓으시고 맘 편히 노래만 하세요."

"아뇨, 기타 붙잡고 있는 게 편합니다."

"아, 뭐. 그럼 기타 줄에 손 올려두세요. 완전히 뮤트해 주셔야 잡음 안 들어갑니다."

"예."

곧 기타 연주가 들려오고 고개를 까딱이며 박자를 맞춘 석준의 목소리가 스튜디오에 울려 퍼진다.

이윽고, 한참을 잃다 알았죠.

사랑, 사랑, 그 흔한 말이

쓸쓸한 달밤에 사람을 참 외롭게 하네요.

석준의 목소리를 듣고 있던 창현의 눈이 동그래졌다.

'괜찮은데?'

왜 못 떴지? 창현이 소리에 귀를 바짝 기울였다. 그러다 깨달았다.

'목소리는 너무 좋은데 노래가 별로 안 좋다.'

아무리 가수가 노래를 잘해도 대중의 귀에 꽂히지 않는 음악은 무용하다.

많은 실력 있는 가수들이 좋은 노래를 만나지 못해 그냥 지는 별이 되곤 하는 음악계. 이 사람도 그런 이유로 사라지는 모양이다.

'아깝네.'

소리 죽여 입맛을 다시는 창현의 눈에 시큰둥했던 조금 전의 태도와 달리 진심 어린 눈빛으로 노래하는 석준의 모습이 들어온다.

꼭 사람들의 마음을 움직이고자 노력했던 자신의 말년 모습을 보는 것 같아 안타까운 마음이 든다.

저녁 아홉 시 반.

석준과 관계자가 허리를 숙여 인사하곤 스튜디오를 나서는 모습을 배웅한 창현이 안으로 들어오자, 약간 피곤해 보이는 사장님이 말했다.

"결국 6시 퇴근은 못 했네?"

"하하, 제가 화장실만 가도 노래 못 하겠다고 하는 바람에. 누가 있어야 노래할 수 있는 사람인가 봐요."

"음, 이상한 버릇이 있는 가수가 많긴 하지만 녹음 부스에 사람 있어야 노래하는 사람은 처음 본다."

"그러게요."

"노래는 잘하던데."

창현은 말을 아꼈다. 일한 첫날부터 손님 뒷담화를 하는 개념 없는 직원이 되고 싶지 않아서이다.

정 사장이 그런 창현을 살피다 넌지시 질문을 던졌다.

"박 사장님 말씀이 네 듣는 귀가 좋다고 하던데."

"아, 그건 자신 있습니다."

"그럼 조금 전 그 친구는 어때?"

"……."

"괜찮아, 솔직하게 말해도 돼."

당연히 못 뜨지. 기억에도 없는 가수인데.

"잘 안될 것 같습니다."

"음, 그렇지? 이유는?"

뭔 이유가 있겠습니까? 노래가 별로인 거지. 하지만 곧 이곧대로 말할 순 없다. 업계는 좁고, 이 음악을 만든 이가 사장님과 관계있는 사람일 수도 있다.

“연주가 너무 비어 있어요. 풍성하게 끌어 올리면 몰라, 기타 한 대로 소화 가능한 음악이 아닙니다.”

“나랑 비슷한 생각이네. 보컬 능력은 괜찮게 들렸는데 말이야. 나중에 베이스와 드럼 녹음을 따서 입히면 좀 나을까?”

아닐걸요, 저 음악엔 결정적으로 멜로디 라인을 따라가는 중음이 비어 있으니까.

“글쎄요, 전자 기타 한 대 들어가면 좋을 것 같은데.”

“음, 기획사가 신생이라 세션 많이 넣기는 부담될 거야. 그것도 다 돈이니까.”

“아무래도 그렇겠죠?”

“모르겠다. 돈만 받으면 그만이란 생각으로 일하면 결국 망하게 되는 게 이 일이거든. 우리 스튜디오에서 나온 사람들이 잘되어야 소문도 좋게 나는데.”

“동의합니다.”

“하여간 이만 퇴근해. 저 친구 내일도 올 거래. 내일은 한 시 예약이니까 점심 일찍 먹고 대기하자고.”

“예, 사장님.”

“배고파 죽겠네. 너도 배고프지?”

“좀 그러네요.”

"어쩌냐, 내가 저녁에 약속이 있어서."

정 사장이 지갑에서 삼천 원을 꺼내 내밀었다.

"야근했으니까 가서 밥 사 먹어."

오, 개 꿀이네.

하지만 예의상 한 번은 거절하자.

"괜찮아요, 사장님."

"받아, 인마. 코딱지만 한 사업이라 야근 수당도 없는데."

정 사장이 창현의 주머니에 돈을 쑤셔 넣고 손을 흔든다.

"문 잘 잠그고 가라."

"예, 들어가세요."

석준과 관계자는 다음 날에도 왔다.

다행히 오늘은 정 사장이 부른 드럼과 베이스 세션 맨들이 왔기에 또 녹음 부스에 들어가 있어야 하는 역할에서 벗어난 창현이 스튜디오에서 들려오는 음악 소리를 들으며 청소 중이다.

"그래도 베이스와 드럼이 들어가니 좀 낫긴 한데. 뭔가 사운드가 날리는 기분이네."

중심 멜로디를 잡아줄 악기가 없어 저런 건데. 정말 모르나? 다른 사람이야 그렇다 치고 사장님은 아실 텐데.

2024년의 음악을 듣다 80년대 후반 노래를 들으니 참 감회가 새롭다.

이 시절 음악에는 크게 두 가지 특징이 있다.

일단 전주가 길다. 그리고 피아노, 혹은 잔잔한 기타 연주로 시작되는 경우가 많다.

2024년에 나왔으면 1분 미리 듣기만 듣고 넘겨 버릴 시시한 전주들이 판을 치는 시대다.

자신이 살던 2024년의 문화적 풍토는 소유보단 소비에 가까웠다.

좋아하는 음악을 소유하고 싶어 하던 8, 90년대의 풍토는 어느덧 짧게 소비하고 금세 질려 또 새로운 것을 찾는 문화로 바뀌었다.

물론 그래도 될 만큼 많은 음악들이 수요를 공급해 주니 가능한 일이다.

다음으로 2024년의 노래는 가사보다 사운드에 신경을 쓴다. 가사를 보면 말이 되지도 않는 단어의 나열인 노래도 상당수 존재한다.

하지만 이 시대의 노래는 마치 하나의 시를 감상하는 기분이 든다. 기승전결이 확실한 하나의 이야기가 노래가 된다는 뜻이다.

바닥을 밀대 걸레로 박박 닦으며 어제부터 반복적으로 듣느라 외워 버린 노래를 흥얼거리던 창현이 혼잣말을 중얼거린다.

"전주부터 기타 솔로를 때려 박아서 사람들 감각을 확 빼앗은 후에 잔잔하게 노래하고, 후렴 구간에 Gain 먹인 기타를 깔아주면. 음, 그럼 너무 Oasis 같은 음악이 되려나?"

확실히 이렇게 하면 포크 음악이 아니게 되긴 하지.

잡생각을 늘어놓으며 청소를 마친 창현은 자기 일을 다 마친 뒤에 카운터에 와 다른 스튜디오에 있던 기타 하나를 집어 왔다.

이번엔 값비싼 기타는 아니고, 연습용 기타이지만 장충 스튜디오에 싸구려 기타가 있을 리가. 물론 일본산이지만 이것도 Fender 기타다.

창현은 기타를 가지고 카운터에 앉아 장부 책 맨 뒷장을 북 찢어 검정 볼펜을 놓은 후 귀를 기울였다. C 스튜디오에서 들려오는 음악의 코드를 따고 있는 것이다.

어찌 듣기만 했는데 이게 가능하냐고? 2024년엔 인터넷이 존재했지만 창현이 음악을 하던 시절엔 그런 것이 없었다.

어떤 밴드의 음악을 연주해 보고 싶은데 정식 출간된 악보가 없으면 방법은 하나. 직접 듣고 코드를 따는 것이다.

그 시끄러운 잡음이 가득한 메탈도 몇 번 들으면 금세 코드를 따던 창현이 매끄럽게 들려오는 포크 음악의 기타 코드를 따지 못할 이유가 없다.

처음부터 끝까지 코드 순서를 기록한 창현이 검정 펜으로 기재된 코드를 따라 연주해 보다가 문득 연주를 멈췄다.

'만약에 여기 C7 코드를 Fm7으로 바꾸면 어떻게 될까?'

한번 쳐봤다. 당연히 코드가 바뀌니 노래 멜로디 라인도 바뀌겠지만 그건 일단 지금은 신경 쓰지 말고.

그런데 상당히 괜찮다. 원래 코드 진행보다 조금 더 애잔하게 들린다. 마이너 코드를 썼기 때문인가 보다.

잊어버릴까 싶어 장부 책의 C7 코드에 두 줄을 긋고 Fm7 코드로 바꿔둔 창현이 코 밑을 쓱쓱 문지르며 미소 지었다.

'이 맛에 편곡하지.'

전생에도 이건 재미있었다. 제 노래는 제대로 못 만들었지만 남이 만든 곡을 편곡해 보는 건 좋은 경험이라 자주 하고 놀았었다.

그때 안에서 사장님 목소리가 들린다.

"창현아!"

얼른 기타를 벽에 세워둔 창현이 달려가며 답한다.

"네, 사장님!"

"미안한데 케이블 새것 하나만. 베이스 케이블 나갔다."

"예, 갑니다!"

케이블 고치는 건 좀 더 어렵다. 잭 부근을 돌렸을 때 끊어진 선이 보이면 다행인데 중간 어딘가가 끊어졌다면 피복을 벗겨야 한다.

그런데 5m 정도 되는 케이블의 어느 부분이 끊어진 것인지 모르니 난감해진다. 일단 고장 난 케이블을 가져와 잭 쪽을 확인해 봐야지.

새 케이블을 가져다주고, 고장 난 케이블을 챙기는 동안 베이스, 드럼 세션 연주자들과 인사를 나눴다.

앞으로 자주 보게 될 사이란 말에 더욱 예의 바르게 인사를 박고 다시 카운터에 나온 창현은 고장 난 케이블을 카운터 위에 올린 후 다시 자리에 앉았다.

서랍을 열어 인두를 찾아낸 창현이 케이블 잭을 돌리다 슬쩍 조금 전에 쓰던 장부를 바라본다.

"어?"

케이블을 고치며 눈으로 코드를 읽어보려 했던 창현의 눈이 커진다.

"뭐야?"

눈을 비벼 보았다. 하지만 그대로다. 이게 뭐지? 창현이 자신이 사용했던 볼펜의 펜촉 부분을 확인했다.

전혀 이상이 없다.

놀란 눈으로 다시 장부 책을 바라보는 창현.

그의 눈에 방금 수정한 Fm7 코드가 황금색으로 빛나고 있는 것이 보인다.

다시 눈을 비빈 창현이 인상을 쓴다.

"노가다를 너무 심하게 뛴 건가? 헛것이 다 보이네."

여러 번 눈을 비비고 다시 보아도 딱 Fm7 코드 하나만 황금빛으로 기재되어 있다. 볼펜이 녹이 슬어 저렇게 보이는 건가 싶어 장부 빈 곳에 볼펜을 칠해보니 검은색이 나온다.

미간을 찌푸린 창현이 다시 황금색 코드를 보았다.

"어떻게 회귀했는데 눈에 이상이 생긴다고? 이건 너무 가혹한 거 아냐?"

눈을 마구 비벼봐야 보이는 광경은 같다.

혹시나 해서 살며시 Fm7에 밑줄을 긋고 Eb sus4 코드를 써보니 또 검은색. 밑줄을 그은 펜의 색도 검은색이다.

하지만 여전히 밑줄 아래 있는 Fm7 코드의 색은 황금빛이다.

'이게 대체 뭐야?'

그때, 또다시 정 사장의 목소리가 들린다.

"창현아, 미안한데 우리 식사 좀 시키자."

장부를 덮은 창현이 서랍 속에서 메뉴를 꺼내 얼른 뛰어간다.

1시부터 시작해 두 프로의 녹음 작업. 오후 7시가 조금 넘은 시간이 되어서 오늘 일과가 끝났다.

사장님은 약속이 있으시다며 오늘 세션을 와준 사람들

과 함께 나갔고, 장시간 작업 덕에 자기 짐을 한껏 늘어놓은 석준이 짐 정리 중이다.

석준이 가면 문 잠그고 퇴근하라는 말에 남아 있던 창현은 마지막으로 나온 석준이 꾸벅 인사를 하고 떠난 후에 다른 스튜디오의 불을 껐다.

마지막까지 불이 켜져 있는 C 스튜디오에 온 창현은 다시 아까 있었던 이상한 일에 대해 생각했다.

'Fm7 코드만 황금색으로 써진다.'

혹시나 해서 아까 잠깐 짬을 내 Fm7 코드를 다시 써봤다. 그런데 정말 검은색만 나오던 펜에서 황금빛 물결이 일었다. 이것이 환상이 아니란 거다.

'혹시.'

창현이 카운터로 달려가 다시 장부를 꺼냈다.

새 A4 용지를 꺼내 기존 코드 진행을 베껴 쓰다 C7이 들어갈 자리에만 Fm7 코드를 넣었다. 그러자 또 황금빛이 드러난다.

턱을 괸 창현이 눈을 굴리다 슬그머니 다른 코드를 고쳐 보았다.

"Am에서 Em로 갔다가 F로 가지 말고 Fm로 가면?"

코드를 고쳐 썼지만 반응이 없다.

"그럼 Cm는 어때?"

색이 바뀌었다. 하지만 창현의 미간에 깊은 고랑이 생긴다.

"뭐야, 주황색은."

황금빛이 아니다. 그냥 직감적으로 황금빛이 나와야 한다는 걸 알 것 같다. 그런데 어떻게 해야 황금빛이 나오는 걸까? 창현은 혀로 입천장을 닦으며 중얼거렸다.

"연결 가능한 코드를 다 넣어보면 간단하지."

F 코드가 들어갈 자리에 C, D, E, F, G, A, B 기본 코드부터 마이너 코드, 플랫 코드와 6, 7, 9, maj7, sus4, +5, dim, m6, m7 코드까지 차례로 다 넣었다.

"그렇지!"

Gm7을 넣자 색이 황금색으로 변해가는 코드. 방법을 알아낸 창현이 다른 코드들도 같은 방법으로 바꾸었다.

40년 가까이 기타를 연주하며 대부분의 코드를 알고 있는 창현이 빠르게 모든 코드를 수정해 황금빛 물결이 치는 코드 진행으로 바꾼 후 손을 털었다.

"음, 일단 됐는데. 근데 이러면 보컬 라인이 달라져야 되는 거 아닌가?"

C 스튜디오에 오늘 작업한 악보가 놓여 있다. 아마도 베이스 연주자가 놓고 간 것인지 베이스 주기가 연필로 마구 기록되어 있는 지저분한 악보다.

어차피 베이스 세션 맨은 오늘만 연주하니 필요 없어 버리고 간 건지도 모르겠다.

드럼, 기타, 베이스, 보컬 라인의 악보가 모두 기재된 밴드 스코어 악보에 채워진 코드를 바꾼 코드로 입력하자, 악보에 적힌 코드도 황금색으로 변한다.

"어, 근데 보컬 라인 악보는 군데군데 비네."

콩나물 대가리 같은 음표들. 그중 몇 개는 황금색으로 변했지만 몇 개는 검은색으로, 또 몇 개는 빨간색, 혹은 주황색과 노랑색도 있다.

"이것도 다 바꿔야 된다는 건가?"

재미있기는 한데. 이게 무슨 의미가 있는 작업일지 모르겠다.

시간을 힐끔 보니 7시 30분.

딱 30분만 더 해보자. 내일도 출근해야 되는데 너무 늦게까지 있기는 좀 그렇고.

베이지색인지 노란색인지 모를 애매모호한 색깔을 가진 146번 버스를 타고, 자리가 없어 손잡이를 잡고 서서 멍하게 창밖을 바라보고 있는 석준이 남모를 한숨을 쉬었다.

'하.'

스탠드바에서 일할 때도 이 곡이 별로라는 이야기를 몇 번 들었다.

대부분 선배 뮤지션들에게 들었는데 지들도 못 나가서 이런 바에서 일하는 주제에 어딜 지적을 하고 앉았냐는 반항심이 먼저 들었다. 그래서 꿋꿋하게 노래했다.

만선 기획사에서 자신을 캐스팅했을 때만 해도 자신의 길이 틀리지 않았다고 자부했다. 그러니 다른 가수들이 아니라 자신이 선택받았다 생각했다.

그런데 막상 녹음 작업을 해보니 점점 자신감이 사라진다. 혼자 조용한 곳에서 통기타 하나 들고 노래하던 것과 제대로 녹음된 테이프를 들었을 때의 차이는 무척이나 컸다.

작은 방에서 홀로 기타 치며 노래를 읊조리면 음악이 풍성하게 방을 채웠는데, 녹음을 한 후 들어보니 어딘가 어정쩡하고 음이 텅텅 빈 느낌이 난다.

'다시 만들까?'

아니다. 지금 와서 이런 소릴 하면 회사에서 난리를 치겠지. 녹음 스튜디오 빌리고, 세션 맨까지 출동시켰는데 이제 와서?

자신은 잘나가는 가수가 아니라 신인 가수다. 회사 역시 신인에게 돈을 펑펑 때려 부을 수 있는 중견 회사가 아니다.

'하.'

어딘가 부족한데. 어딜 어떻게 고쳐야 할지 감이 안 온다.

'그냥 바에서 노래할 때가 더 좋았는데.'

그때는 적어도 자기 노랠 듣고 환하게 웃어주는 관객이

있었는데.

자그마한 녹음 부스에 앉아 혼자 노래를 부르고 있으면 자신의 노래가 상대에게 어떻게 가 닿는지 전혀 모르겠다. 피드백이 없으니 자신감이 뚝뚝 떨어지는 느낌이다.

하지만 어떻게 여기까지 왔는데.

가수 되면 굶어 죽는다고 결사반대하던 가족들의 만류를 뿌리치고 홀로 독립해 지하 스탠드바에서 2년이나 노래하다 겨우 잡은 기회다.

여기서 뒤엎으면 자그마한 기회까지 놓치고 말 수도 있다.

'그렇다고 부족한 상태로 내긴 싫은데.'

이럴 줄 알았으면 평소에 편곡을 좀 해놓았을 것을.

선배들 말에 솟구친 반항심이 자존심이 되어 집착을 낳았다.

고개를 절레절레 저은 석준은 30분가량 버스를 타고 가 집 앞에 내린 후 품을 뒤져 담배를 찾았다.

꼬깃꼬깃 구겨진 담배 케이스에서 구부러진 담배 한 개비를 꺼내 불을 붙였다.

"아무래도 오늘 밤새워 편곡을 한번 시도해 봐야 하겠다. 좋은 게 나오면 회사 사람들도 납득해 주겠지."

비용 문제로 납득을 못 한다면 할 수 없다. 원래대로 가는 수밖에.

등에 메고 있던 기타 케이스의 앞주머니 부분에 손을 넣은 석준이 담배를 문 채 미간을 찌푸린다.

"어?"

악보가 없다.

"젠장. 되는 일이 없네."

스튜디오에 놓고 온 모양이다. 아직 문을 안 닫았을까? 이럴 줄 알았으면 스튜디오 전화번호라도 받아둘 것을.

석준은 잠시 고민하다 다시 버스에 몸을 실어 장충동으로 향했다. 내일이 되면 더 이상 편곡의 기회가 없을 것 같다는 느낌 때문이었다.

다시 30분을 달려 스튜디오 건물에 도착하니 다행히 아직 불이 켜져 있다.

"휴, 다행이다."

그 성실해 보이던 사람이 잔업을 하는 모양이다.

'이름이 백창현이라고 했었지?'

계단을 올라가 스튜디오 문을 열자, 텅 빈 카운터가 보인다.

"저기요."

대답이 없다. 대신 저 멀리서 처음 듣는 음악 소리가 들린다.

"작업 하나?"

엔지니어가 아니라 그냥 잡일 하는 사람처럼 보였는데.

모든 스튜디오에 불이 꺼져 있고 유일하게 자신이 사용하던 C 스튜디오만 불이 켜져 있다.

살금살금 복도를 걸어 C 스튜디오의 문을 슬쩍 연 석준이 자기도 모르게 한 걸음 물러났다.

한여름 밤에 갑자기 만난 소나기처럼.

기타 소리가 몸속으로 파고들어 가슴이 젖는다.

빗물 자국이 번져가 듯 멀리멀리 퍼져 나간다.

음악을 들이마시고 내뱉고, 몸속에 머금다가 밀어낸다.

이 음악은 뭘까? 어떤 음악이기에 전주만으로 사람의 가슴을 이토록 애잔하게 만들 수 있는 걸까? 문을 조금 더 열자 녹음 부스 안에서 기타를 치고 있는 창현의 모습이 들어온다.

'저 사람. 이런 연주를 할 수 있는 사람이었구나.'

역시 장충 스튜디오라고 할까? 잡일 하는 사람도 저리 실력이 출중하네. 그때 들려온 나지막한 가사 한 토막. 그것을 들은 석준의 눈이 커진다.

이읏고, 한참을 앓고 있었죠.
사랑, 사랑, 그 흔한 말이
쓸쓸한 달밤에 사람을 참 외롭게 하네요.

석준은 팔에 소름이 오소소 돋았다.

'내, 내 노래!'

이건 분명 자신의 노랫말이다. 하지만 사운드도, 보컬 라인도 자신의 것이 아니다. 가사만 같은 완벽히 다른 음악이다.

'게다가 이 목소리!'

어둠의 밑바닥에서 무언가가 속삭이는 듯한 나직하고 불온한 미성의 목소리가 스튜디오를 울린다. 어찌 사람 목소리가 이리 쓸쓸할 수가 있을까?

한번쯤, 휑한 바람이 불면
먹구름에 달무리 질 때처럼
시리고 아픈 흔적에 가슴이 멍들어요.

몰래 창현을 훔쳐보던 석준은 가슴이 쿵쾅거리는 것을 느꼈다. 자신이 생각했던 가장 이상적인 곡의 진행을 엿본 기분이 들었기 때문이다.

본래 석준이 노래하던 키에서 한 키를 높여 조금 더 높은 음역으로 노래하는 창현이 후렴구를 부른다.

인사하고 싶어요.
짧았던 밤들과 삶 밖을 떠돌던 겨울 안개 들에게

가엾은 사랑이 빈 방에 갇혀 울고 있네요.

내 것이 아닌 열망 들에게 인사 할래요.
눈물이, 덧없는 눈물이 절망의 심연으로
삶 속에 죽은 이에게도 슬픈 안녕을.

악보 위를 춤추는 음표들이 드넓은 세상으로 머리를 비집고 나선다.

음악을 듣는 석준의 뺨을 스치는 바람이 느껴진다.

그것은 따뜻하고 부드러운 바람이 아닌 살을 에는 날카로운 바람이다.

A와 B 파트를 넘어 최종 C 파트로 넘어가자, 밋밋한 기타 스트로크 대신 Gain을 최소로 먹인 살짝 찌그러진 기타 사운드가 그 자리를 대신한다.

그것은 마치 클로드 드뷔시(Claude Debussy)의 음악처럼 독특한 웅장함이 어우러져 가슴이 터져버릴 것 같은 슬픔이 느껴졌다.

그 순간, 창현의 애절하고 고운 목소리가 바뀐다.

"이럴 수가!"

자기도 모르게 육성으로 터져 나온 감탄. 어찌 저리 고운 미성으로 노래하던 자가 갑자기 피를 토하는 듯한 긁히는 목소리를 낼 수 있는 걸까?

절규하는 듯한 그의 목소리는 꼭 故 김현식 씨의 목소리 같이 들렸다.

아~ 아~~ 아~ 그까짓 사랑
아~ 아~~ 아~ 찬란하고 아름다웠던 그 시절
아~ 아~~ 아~ 이제는 덧없이 사라져 돌이킬 수 없는
티없는 사랑으로 세월 속에 영원히.

창현의 기타 스트로크가 점점 강해진다.

볼륨을 조절하지 않았지만 강약 조절로 더욱 큰 볼륨으로 연주되는 기타 사운드. 그것은 사랑을 잃은 남자의 절규로 공명을 일으켜 공간을 가득 채운다.

약간 떨리는 손으로 꽉 주먹을 쥔 석준이 몸을 부르르 떨었다.

스튜디오 속에서 고개를 까딱이며 기타를 연주 중인 창현을 튀어나올 듯한 눈으로 노려보던 석준이 나지막이 중얼거렸다.

"괴물……."

그때, 거짓말처럼 스튜디오 전체에 공명을 일으키던 사운드의 폭풍이 뚝 하고 멈춘다. 스튜디오 안에 있던 창현이 밖에 서 있던 석준을 발견한 것이다.

얼른 기타를 놓고 뛰어나온 창현이 물었다.

"다시 오셨어요? 뭐 놓고 가셨습니까?"

"……."

말이 없다기 보단 말을 잃어버리고 만 석준이 떨리는 목소리로 물었다.

"당신…… 대체 뭡니까?"

젠장, 일 났다.

뮤지션은 자존심으로 똘똘 뭉친 생물이다.

고작 잡부 주제에 뮤지션의 노래에 손을 댄 걸 알았으니 불같이 화를 내겠지.

자라목이 된 창현이 우물쭈물한다.

"저기, 그게."

네 노래가 아니다. 그냥 가사가 생각이 안 나서 네 노래 가사로 한번 읊조려 봤다. 이렇게 변명하면 될까?

미친, 그게 먹히겠냐? 상대가 바보도 아니고 후렴구 상당 부분을 그대로 살려놨는데.

어색한 침묵이 흐른다.

석준은 말이 없다. 하지만 그 눈은 매섭게 창현을 지그시 노려보고 있다.

하지만 창현이 진짜 20대 초반의 어리숙한 청년도 아니고 60대를 바라보고 있는 정신 연령을 가지고 있는 만큼 그의 눈빛을 가볍게 흘려낸다.

오히려 무슨 일로 왔냐 되묻는 눈빛.

솔직히 속으로는 쫄렸지만 겉으로는 당당하다.

여기서는 먼저 말을 꺼내 변명을 하는 순간 벌써 지고 들어가는 거다.

결국 허리춤에 손을 척 얹고 자신의 눈빛을 받아내고 있는 창현의 모습을 노려보던 석준의 입이 먼저 열린다.

“제 곡을 편곡하신 겁니까?”

창현이 어깨를 으쓱한다.

“아, 기분 나쁘셨다면 죄송합니다. 뭐 그냥 심심해서 재미로 한번 해봤습니다.”

이 곡을 훔쳐 먼저 앨범을 발매한 것도 아니고, 누군가에게 제 노래라 소개한 것도 아니다.

스튜디오 골방에 박혀 재미로 편곡한 것이 죄가 되진 않는다. 단지 창작자 입장에서 기분 나쁠 수 있다는 점을 인지하고 있을 뿐이다.

석준의 동공이 지진을 일으킨다.

“시, 심심해서 재, 재미로.”

“예, 그냥 한번 해본 것뿐입니다. 다른 의도는 없었습니다.”

“재미로 이런 엄청난 음악을 만든다고요?”

솔직히 진짜 재미로 했다.

생각해 보라, 어떤 코드를 쓰면 검은 볼펜에서 황금빛이 나오는데 안 해볼 사람이 어디 있겠는가?

하지만 석준의 입장에선 재수 없게 들릴지도 모르겠다.

그런데 석준의 말 중에 숨어 있는 뼈가 창현의 마음을 건드렸다.

"엄청난 음악……이라고요?"

석준이 달려와 창현의 어깨를 꽉 붙잡는다.

"예! 방금 당신이 부른 그 노래 말입니다!"

"아……."

코드와 몇 가지 음표를 바꾸고 나니 더 좋게 들린다는 정도는 자신도 알겠다. 원래 노래가 너무 밋밋했으니까. 그런데 원곡을 부른 이가 이렇게 말해주니 어안이 벙벙하다.

석준은 떨리는 눈으로 조심스럽게 물었다.

"혹시 이 곡을 파실 생각 없으십니까?"

"……?"

이거 원래 네 곡인데?

하긴 가사 빼고 전부 다 바꿨으니 당신 곡이라고 하기도 뭐하네.

하지만 편곡한 곡을 파는 건 좀 이상하지 않아? 일단은 당신 곡을 바꾼 거니까 처음부터 창작했다고 하긴 말이 이상한데.

"저기, 이거 원래 석준 씨 곡입니다만."

"……."

석준은 '아! 그렇지!' 하는 표정이다. 워낙 달라진 곡이라 미처 자기 곡임을 인식하지 못한 표정이다.

"아."

석준은 어떻게 해야 되는지 생각이 안 나는지 횡설수설한다.

"그럼 돈을 주고 곡을, 아니, 이건 같은 이야기이고. 그럼 편곡한 곡을 원곡으로 계약을, 아니, 이것도 이상하고."

석준은 혼자 지껄이다 머리가 아픈지 관자놀이를 문지르며 말했다.

"머리가 너무 복잡하네요. 일단 제가 회사에 이야기를 해보겠습니다. 내일까지 조금만 기다려 주실 수 있으실까요?"

뭘 기다리라는 건지 모르겠지만 일단 이 상황부터 좀 벗어나자.

"예, 편하게 논의하세요. 그런데 왜 다시 오신 겁니까?"

"……."

석준이 앰프 위에 올려둔 자신의 악보를 힐끔 본다. 그러곤 허탈하게 웃었다.

"잊은 게 있었는데. 이제 그냥 잊어버리려고요."

"……?"

"그럼 내일 이야기하시죠."

석준이 터덜터덜 걸어 스튜디오 밖으로 사라진다. 멀뚱히 그 모습을 바라보던 창현이 힐끔 자신이 노래하던 녹음 부스에 놓인 악보를 보았다.

"엄청난 곡이라고?"

가만히 자신의 눈으로 손을 가져간 창현이 나직하게 중얼거렸다.

"뭐가 어떻게 돌아가는 거야?"

다음 날, 장충 스튜디오.

출근을 하니 상가 1층에 석준과 만선 기획 담당자가 와 있는 것이 보인다.

스튜디오 문을 여는 9시까진 아직 30분이나 남았는데 뭐가 그리 급했는지 오픈 전에 이미 달려와 있는 두 사람을 발견한 창현이 얼른 달려와 꾸벅 허리를 숙였다.

"일찍 오셨네요, 오늘 11시부터 두 프로 아닌가요?"

석준이 얼른 나선다.

"아, 창현 씨."

만선 기획 담당자는 태우고 있던 담배를 비벼 끈 후 하품을 하며 말했다.

"석준이 이 친구가 어젯밤부터 전화통에 불을 낼 기세로 연락을 해대는 통에 일찍 왔습니다. 잠깐 이야기 좀 나눌 수 있을까요?"

음, 어제 그 일 때문이구나.

"예, 일단 들어가시죠."

스튜디오 문을 열고 들어가 창문을 모두 열고 환기를 시킨 창현이 로비의 소파에서 기다리는 두 사람에게 왔다.

담당자는 창현이 앉을 때까지 지켜보고 있다 입을 연다.

"이 친구 말이, 그쪽이 '슬픈 인사'를 편곡하셨다고 들었습니다만."

슬픈 인사? 아, 노래 제목이 그거였구나. 지금까지 제목도 몰랐다.

"예, 그렇긴 합니다만."

"석준이 말이 무슨 수를 써서라도 이 곡을 가져야 한다고 하더라고요."

"……."

창현은 반짝반짝 눈을 빛내고 있는 석준을 부담스러운 눈빛으로 본 뒤 말했다.

"원래 그쪽 곡이니까, 뭐."

담당자가 턱을 괴고 말했다.

"일단 한번 들어볼 수 있나 싶어서 말입니다."

"어렵지 않습니다."

"아직 11시까지 시간이 있으니 한번 시연해 주시겠습니까?"

"예, 스튜디오로 가시죠."

30분 뒤, 상가 1층.

석준과 담배를 나눠 태우는 창현은 상가 옆으로 돌아가면 있는 공중전화를 붙잡고 고함을 지르는 담당자의 목소리에 멍해졌다.

"사장님! 편곡한 버전이 정말 엄청나다고요! 이건 반드시 우리가 가져와야 됩니다! 이 곡이라면 우리 석준이 제대로 히트 칠 수 있습니다! 정말입니다! 예, 예! 비용 문제가 있더라도 꼭 해야 된다는 의견입니다! 예, 예!"

어찌나 소리를 지르는지 10미터쯤 떨어진 곳인데도 그의 목소리가 쩌렁쩌렁하게 울린다.

C 스튜디오에서 어제 했던 노래를 다시 들려주니, 심드렁했던 그는 노래 중간부터 벌떡 일어나 다리를 발발 떨다가 시연이 끝나자마자 내려와 회사에 전화를 걸며 저리 고함을 질러대고 있다.

석준은 눈치를 보고 있는 창현을 보며 웃었다.

"이 정도 편곡 능력을 갖추시고 있는지 몰랐습니다. 숨은 절정 고수를 발견한 기분이네요."

"……."

생소한 말, 생소한 감정.

60이 다 되도록 음악을 했지만 자신의 곡을 듣고 누군가 이리 칭찬해 주는 건 처음이다.

일반 팬은 있을 리도 없었고, 매니아 팬들마저 언제나

서양 그룹과 비교하며 수준이 애매하네 어쩌네 하는 혹평만 들었었기 때문이다.

'그 황금빛.'

그것이 음악을 변화시켰다. 창현은 석준과 담당자의 반응을 보다 주먹을 꼭 쥐었다.

회귀한 이 세상에서 자신이 음악으로 살아남을 수 있는 능력을 얻은 기분이 들었다. 물론 운이 좋아 한 번 이랬는지, 계속 이 행운이 계속될지는 실험을 해봐야 알겠지만.

저 멀리, 정 사장의 차가 들어온다.

아침부터 나와 있는 석준과 공중전화를 붙들고 고함 치는 담당자를 어리둥절한 눈으로 보던 그가 주차를 마치고 차에서 내리자, 전화를 끊은 담당자가 날듯이 달려와 사장님을 붙잡고 외친다.

"사장님! 저기 저 친구, 사장님 회사 소속이죠?"

사장님이 창현을 힐끔 본다. 이게 무슨 상황이냐 눈으로 묻는 사장님.

"아, 뭐 그렇습니다만. 무슨 일 있습니까?"

"저 친구가 우리 곡을 편곡했습니다."

"……예?"

사장님이 창현을 바라본다. 너 대체 무슨 짓을 한 것이냐는 표정.

창현이 어깨를 으쓱하는 걸 본 사장님이 고개를 숙인다.

"이거 저희 직원이 결례를 범한 모양이군요. 제가 사죄드리겠습니다."

"아닙니다! 결례는 당치도 않습니다! 오히려 저희 쪽에서 감사해야죠! 사장님! 저 친구, 우리와 계약하게 해주시겠습니까?"

"……?"

"사장님 직원 아닙니까?"

사장님은 창현과 석준, 담당자를 차례로 힐끔거리다 말했다.

"저기, 편곡한 음원에 대한 계약을 말씀하시는 겁니까?"

"예!"

사장님은 이제야 돌아가는 상황을 이해했는지 빙긋 미소를 지으며 창현을 본다.

"창현이는 저희 직원이지만 뮤지션 창현은 저희 소속이 아닙니다. 개인적으로 계약하시면 됩니다. 제 허가는 필요하지 않아요."

"아! 그렇군요!"

담당자가 바지를 치켜올리며 콧김을 뿜는다.

"바로 회사에 가서 사장님 허가 받고 계약서 가져오겠습니다! 택시 타고 다녀오면 11시 전에 도착할 수 있을 테니 계약하시죠! 그리고 사장님, 어제 왔던 베이스와 드럼 세션 맨들 다시 부를 수 있을까요?"

“지금 당장 말입니까?”

“예! 음악이 완전 달라져서 말입니다.”

“아, 뭐. 오늘 스케줄 없다고 하긴 했는데. 한번 연락해 보겠습니다.”

“일정도 비용도 빠듯해서. 꼭 좀 부탁드립니다.”

“예, 최선을 다해보겠습니다.”

담당자가 석준을 데리고 택시에 오르는 걸 가만히 보던 사장님이 나란히 서 있던 창현을 본다.

“무슨 짓을 한 거냐?”

“…….”

창현이 머리를 긁으며 말했다.

“그냥 편곡해 본 걸 혼자 불렀는데 그걸 석준 씨가 봐버렸어요. 그러곤 계속 저런 반응이네요.”

“허? 너 원래 작곡도 했어? 아, 원래 밴드 한다고 했었지? 자작곡 하는 밴드 였구나?”

자작곡을 했지. 35년간 500곡은 써 갈겼으니까. 단 한 곡도 히트하지 못했지만.

기획사와 계약이란 걸 해본 적이 없어 사장에게 도움을 청한 창현이 11시 10분 전에 도착한 만선 기획 담당자와 나란히 앉았다.

계약서를 보니 검은 건 글씨이고, 흰 건 종이라는 것밖에 모르겠다. 문장을 분명히 읽었는데 도무지 이해가 되지 않는다.

눈으로 사장님께 도움을 청하자, 웃으며 계약서를 가져간 사장님이 꼼꼼하게 읽어보신 후 담당자에게 물었다.

"그럼 크레디트에 이름 올려주시는 겁니까?"

"물론입니다, 정식 편곡으로 올릴 것이고요. 전자 기타 세션 비용도 따로 드리겠습니다."

"세션은 그렇다 치고 편곡은 저작권 등록해 주시는 거죠?"

"물론입니다."

사장님은 다시 한번 계약서를 읽어보신 후 창현 쪽으로 밀어주며 말했다.

"이 정도면 꽤 괜찮은 계약이네. 설명해 줄까?"

"부탁 좀 드립니다, 사장님. 제가 이쪽은 전혀 문외한이라서."

"하하, 당연하지. 처음 해보는 계약에선 다 그래."

사장님이 펜으로 계약서의 맨 아래 부분에 밑줄을 그으며 말했다.

"지금은 앨범 나올 때 크레디트에 네 이름이 올라가는 게 제일 중요해. 네 경력이 되는 거니까. 음악계에서 포트폴리오가 얼마나 중요한 지는 알지?"

당연히 알지. 어느 업계에서 경력이 안 중요하겠냐?

"예, 압니다."

"여기 이 부분에 그게 명시되어 있고, 저작권은 2%다. 네 사후 70년간 보장이 되는 계약이고."

헐, 저작권료를 받을 수 있구나.

히트를 하면 큰돈을, 히트 못 해도 매달 담뱃값 정도는 벌겠네.

사장님이 말을 잇는다.

"세션 계약도 같이 있어. 여기 보면 한 프로당 이만 원으로 책정됐네."

이만 원? 헐, 한 프로는 세 시간인데. 세 시간에 노가다 일당보다 돈을 더 주네. 하긴 연주도 기술이니 당연하지.

"이건 적정 가격인가요?"

"음, 이태윤 씨가 프로당 7만원 받는데. 그건 이태윤 씨이니 가능한 거고. 너 같은 신인은 이 정도면 괜찮아."

고개를 끄덕인 창현을 살핀 사장님이 맨 뒷장으로 넘기며 말했다.

"자, 그리고 마지막으로 이 부분. 저작권과 따로 설정된 계약금이다."

"……."

뭔가 물어보고 싶었다. 하지만 계약서 마지막에 써 있는 금액을 본 창현은 순간 말을 잃었다.

'배, 백만 원……?'

이게 웬 떡이냐?

미국 갈 돈으로 목표 금액을 설정한 것이 500만 원이다.

그런데 박영식 사장님이 이지연 씨에게 투자해 번 수익이 200만 원, 여기서 또 100만 원이 생긴다. 벌써 목표 금액의 60%가 채워졌다.

세상에, 500만 원이면 시골에 집 한 채는 살 수 있는 돈인데 회귀하고 3개월도 안 되어 이만한 돈을 벌 줄이야.

경험 많은 사장님 덕분에 일사천리로 계약이 진행되고 베이스와 드럼 세션 맨들도 바뀐 악보를 연주해 보곤 훨씬 좋다며 칭찬을 해준다.

기타 녹음을 하는 내내 흐뭇한 얼굴로 지켜보던 석준은 보컬 녹음을 하러 들어가선 창현의 지도를 원했다.

얼떨결에 프로듀서 역할까지 수행해야 하는 창현은 종일 정신이 나가 있는 기분이 든다.

석준의 보컬 지도를 하며 정신없는 하루를 보낸 일상의 끝.

정 사장의 제의로 가까운 삼겹살집에 와 소주잔을 기울이는 창현은 아직도 넋이 나가 있다.

창현의 잔을 채워준 정 사장이 턱을 괴고 말했다.

"창현아."

"예?"

"정식 계약이 처음이라 정신없었지?"

"아."

"원래 처음엔 다 그래."

"……."

솔직히 꿈에 부풀어 두근거리는 마음이 반.

이 나이 먹도록 정식 계약 한 번 못 해 회귀한 다음에 겨우 경험했다는 한심함이 반이다.

"고맙습니다."

"연주 좋더라. 여기 온 첫 날 혼자 기타 연주하는 거 들었을 때도 실력 좋다고 생각했는데."

"감사합니다, 사장님."

"너 세션 해볼래?"

"오늘 했는데요."

"아니, 그거 말고. 장충 스튜디오 소속으로 말이다."

"예?"

정 사장이 미소 지으며 말했다.

"너 정도 실력이면 충분해. 아니, 충분하고 넘친다. 네 나이 때 기타 그렇게 치는 놈은 처음 봤으니까."

"……."

그거야 당연한 거지. 기타를 40년이나 잡았는데. 동 나이로 비교하면 당연히 그럴 거다.

사실 회귀 전에도 기타리스트 사이에선 자신의 실력이 소문나 있었다. 단지 하는 음악이 심각한 비주류였을 뿐.

"저, 그럼 여기 일은."

"그것도 병행하는 거지."

"하지만 세션 하면 보통 두 프로 뛰는데, 그럼 여섯 시간 동안 스튜디오 일을 못 보는데요."

정 사장이 이를 드러내며 웃는다.

"이놈아, 원래 청소 말곤 별로 하는 일도 없으면서. 그거 뛰고 나머지 시간에 일하면 되잖아."

"……."

와, 이게 무슨 행운이냐? 두 프로 뛰면 일당이 4만 원인데. 거기다 월급까지 얹으면 막일 할 때보다 훨씬 낫겠다.

"그렇게만 해주시면 저야 더 좋을 수가 없죠, 사장님."

"그래, 매번 일이 있진 않겠지만 우리 스튜디오 찾는 사람들이 기타 세션 구한다고 하면 제일 먼저 널 추천해 주마."

창현이 벌떡 일어나 냉큼 90도 인사를 박는다.

"감사합니다, 사장님!"

"하하, 녀석."

창현이 다시 자리에 앉으며 물었다.

"그런데 사장님. 아까 이태윤 씨 이야기 하셨잖아요."

"어."

"그분은 한 프로에 7만 원 받아요?"

"그렇지, 업계 표준 금액이 없거든. 미국에선 연주자가 자기가 얼마 받을지 정해서 협상하는데 아직 한국은 그렇진 못해. 기획사에서 세션 고용 금액을 정하는데 보통 세션 연주자 실력과 경력에 대비해서 정하지."

베이스 연주자 이태윤.

부활이 'The End'였던 시절 창립 멤버였으며, 이후 송골매 멤버로서 7, 8, 9집에 참여한 어마어마한 연주자.

특히 송골매 8집에 수록된 노래 '외로운 들꽃'의 경우, 보컬까지 맡았었다.

송골매 해체 후인 1993년부터는 조용필의 밴드 위대한 탄생에서 활동하게 되는 대한민국 최고의 베이스 연주자다.

정 사장이 소주 한잔을 털어 먹은 후 입을 닦으며 말했다.

"너도 경력이 없어서 그렇지 실력은 안 뒤진다. 여기서 일하면서 조금씩 소문이 나면 일을 골라서 하게 되는 날이 올 거고, 그럼 네 몸값도 올라갈 테니까 열심히 해."

솔직히 순간적으로 돈에 혹한 건 맞지만 돈이 전부는 아니다. 어차피 변진섭의 앨범이 나오면 미국 갈 돈은 충분하다 못해 넘치도록 모이게 될 테니까.

지금은 돈보다 경험을 쫓아야 할 때이다. 좋은 연주자로 소문이 날 수 있도록 최선을 다해봐야지.

"잘 부탁드립니다, 사장님!"

정 사장이 빙긋 웃으며 잔을 든다.

다음 날부터 드라마틱하게 사람들이 기타 실력 소문을 듣고 몰려오는 일은 없었다. 석준은 3일간 더 스튜디오를 빌려 보컬 녹음만 300번을 넘게 했고, 결국 완성을 해냈다.

데뷔 무대는 일주일 뒤, '쇼 네트워크'라는 프로그램이란다.

대박, 데뷔 무대인데 첫 무대부터 공중파 방송을 가다니. 신생 회사라고 하던데 사장이 힘이 좀 있는 모양이다.

석준의 작업이 완료된 후론 한동안 한가했다.

그렇다고 스튜디오에 손님이 없었던 건 아니고 기타 연주자를 찾는 뮤지션이 없었을 뿐이다.

들떴던 마음을 억지로 가라앉히고 지금 자신에게 주어진 일에 최선을 다하자는 마음에 밀대 걸레로 바닥을 열심히 밀고 있던 창현은 스튜디오 정문에 설치한 종소리를 듣고 고개를 내밀었다.

"누구십니까?"

지금 정 사장님은 B스튜디오를 세 프로 예약한 손님의 엔지니어를 봐주고 있다.

아마 그쪽 뮤지션의 관계자인 모양이다 하고 고개를 내

미니 50대로 보이는 점잖은 신사가 자신을 빤히 보고 있다.

걸레를 벽에 세우고 달려나간 창현이 말했다.

“어떻게 오셨습니까?”

“백창현 씨를 찾아왔습니다만.”

“예?”

뭐야, 이 사람? 처음 보는 사람인데.

“제가 백창현입니다만.”

신사는 자신을 빤히 보다 이를 드러내고 웃는다.

“석준이 녀석이 하도 잘생겼다고 자랑을 하기에 허풍인 줄 알았더니 정말 잘생긴 청년이었군요.”

“…….”

외모 칭찬은 당연히 기분이 좋다. 잘생겼다는 말은 평생 들어도 안 지겨우니까.

전생에선 담배와 술을 그렇게 해대면서 피부 관리는 일평생 안 하는 바람에 40대부터 피부가 축 늘어져 아저씨가 되어버렸지만.

“저기, 어디서 오셨는지.”

“아, 이거 미안하게 됐습니다.”

신사가 자신의 품에서 명함을 꺼내 내민다. 명함을 본 창현이 반가운 얼굴로 말했다.

“아, 만선 기획 사장님?”

“예, 하하.”

명함에 만선 기획 대표이사, 홍정훈이라는 이름이 써 있다.

"석준 씨 데뷔 이제 며칠 안 남았죠?"

"예, 이틀 남았네요."

"잘되시길 빕니다. 만선 기획의 첫 뮤지션인데."

"고맙습니다."

홍 사장은 지긋한 눈으로 창현을 바라보며 말했다.

"그런데 참, 우연이지만 우리 회사의 두 번째 뮤지션을 발견한 기분이군요."

예? 누구요? 그 사람도 여기서 녹음하나요?

하는 물음을 던지려 했던 창현이 말을 삼킨다. 상대가 왜 여기 왔는지 눈치챘기 때문이다.

'석준 씨가 나에 대해 말했구나.'

석준은 자신의 노래를 들었다. 물론 담당자도 들었다. 정 사장님과 세션 맨들은 못 들었지만 그 둘은 기타를 치며 노래하는 모습을 안다. 당연히 그들의 사장 귀에도 들어갔을 거다.

홍정훈이 말없이 자신을 보는 창현을 살펴보며 말했다.

"키가 한 180은 넘어 보이네요?"

"예, 183㎝입니다."

"엄청 크군요. 좋아요, 외모도 아주 훌륭하고. 군대도 다녀왔죠?"

"예, 사장님."

"다루는 악기는 뭡니까?"

"기타, 베이스, 드럼 다 어느 정도는 다루는데 기타가 주력입니다."

"허허, 좋군요. 작곡 능력도 갖추셨는데 출중한 연주까지. 아주 좋습니다."

홍정훈이 바지 주머니에 손을 넣으며 말했다.

"우리 회사와 함께하시죠, 백창현 씨."

창현이 빙긋 웃었다.

자신의 답은 이미 정해져 있었다. 거절이다.

자신은 미국에서 록을 하고 싶으니까.

하지만 지금 이 순간, 자신을 높게 평가해 이곳까지 직접 발걸음을 해준 홍정훈이 너무나 감사한 마음이다.

"먼저 감사의 말씀을 드립니다, 사장님."

"허허, 예의도 바르고. 인성이 훌륭하니 비바청춘 같은 예능 방송에 내보내도 되겠군요."

"좋게 봐주셔서 감사합니다, 사장님. 하지만 제의는 정중히 거절하겠습니다."

"……."

홍정훈은 예상치 못한 답이었는지 잠시 말을 잊었다. B 스튜디오에서 녹음 진행 중이라 들려오는 음악 소리가 아니었다면 숨 막히는 적막이 펼쳐졌을 것이다.

잠시 말문이 막혔던 홍정훈이 물었다.

“우리 회사가 작아서 그런 겁니까?”

창현이 얼른 손사래를 친다.

“아닙니다, 제게 만선 기획은 과분한 회사입니다.”

“그럼 왜 거절하는 겁니까? 가수의 꿈이 없는 겁니까? 그 실력을 가지고?”

대체 담당자와 석준 씨가 뭐라고 했기에 사장이 이리 나오냐?

“아닙니다, 저는 한국의 어떤 회사와도 계약할 생각이 없습니다.”

“그러니까 왜…….”

홍정훈은 반문하다 창현의 말 속에 숨은 의미가 있다는 걸 깨달았다.

“한국의 어떤 회사와도?”

“예, 사장님.”

“외국 기업과 일하겠다는 뜻으로 해석해도 되겠습니까?”

“일하겠다고 하기보단 제 꿈이라고 생각해 주세요.”

홍정훈은 또 잠시 말문을 닫고 창현을 꼼꼼하게 살피다 헛웃음을 짓는다.

“어디로 갈 생각입니까?”

“미국입니다.”

“허? 미국이 옆 동네도 아니고, 한국 뮤지션이 천재와

괴물이 득실거리는 미국 음악계에서 희망이 있겠습니까?"

"도전해 볼 생각입니다."

패기 넘치는 눈빛. 지금껏 예의 바른 청년의 이미지만 가졌던 창현이 흘리는 기운에 움찔 놀란 홍정훈은 자기도 모르게 바지 주머니에서 손을 뺐다.

한참 창현을 살피던 그가 물었다.

"정말 미국에서 활동할 생각이라는 겁니까?"

"예, 사장님."

한 치의 망설임도 없는 대답.

단호한 창현의 태도를 보곤 입을 삐죽 내밀고 잠시 고민하던 홍정훈이 어깨를 으쓱한다.

"이거 할 수 없군요. 예술가의 이상이 너무 높으니 만선기획이 품기는 너무 큰 꿈인 것 같습니다."

"죄송합니다, 하지만 제의해 주신 건 정말 감사합니다. 덕분에 용기가 납니다."

"허허, 말도 참 예쁘게 하시네."

홍정훈이 다시 슬그머니 바지 주머니에 손을 넣으며 말했다.

"이것 참. 직접 와서 제의하고 거절당하면 보통은 기분이 나쁜데. 백창현 씨 말은 전혀 기분이 나쁘지 않군요."

"그렇게 생각해 주시니 다행입니다, 사장님."

"미국이라. 그래요, 좋은 꿈 한번 꿔보십시오. 열심히 해

보시고."

"감사합니다, 사장님 사업도 번창하시기를 빕니다."

"허허, 마음에 쏙 드는군. 아깝네, 아까워. 그만 가보겠습니다."

홍정훈이 입맛을 다시 스튜디오를 나서는 모습을 보며 한껏 미소 지은 창현이 자기 볼을 짝 하고 내려친다.

"들뜨지 말고! 더 열심히 하자, 백창현!"

그래도 마음이 좀 붕 뜨긴 한다.

아무리 신생 기업이라고 하지만 기획사 제의를 받긴 했으니까.

누군가에게 인정받는 것이 생소한 나이만 먹은 뮤지션이라 마음이 들뜨네.

마음도, 스튜디오도 환기가 필요한 순간이다.

들뜬 마음에 신나게 달려가 제일 큰 창문을 활짝 연 창현이 파란 하늘을 보며 빙긋 웃었다.

"할 수 있다, 백창현."

절망 속에 싹튼 회귀라는 희망.

그것이 자신의 인생을 바꿔줄 거라 믿는다. 아니, 꼭 그래야만 한다.

이왕이면 전생의 소금 같은 이야기 몇 줌이 마냥 추억이란 이름으로 남기보다 삶을 빙자한 음악적 경험이 되도록 해보자.

용기와 희망이란 이름의 선물을 받은 창현이 자신의 일에 충실한 시간을 보내는 동안에도 누구에게나 공평하지만은 않은 시간이 흐른다.

그리고 마침내 석준이 데뷔하는 그 날이 왔다.

금요일 저녁 7시.

퇴근을 해 성규와 만나기로 한 삼겹살집에 도착하니, 녀석이 벌써부터 와서 소주를 마시고 있다.

창현이 맞은편에 앉으며 물었다.

“야, 고기도 안 시키고 소주부터 마시냐?”

성규가 킥킥 웃으며 소주병을 내밀고 흔든다.

“물주가 안 왔는데 내 맘대로 시키면 쓰나. 자, 한잔 받아라.”

오늘은 창현이 쏘는 날이다. 잘사는 집 자손이라고 맨날 친구들과 만남에서 일방적으로 돈을 써야 하는 건 아니다. 그런 생각을 하는 놈이 있다면 속에 거지가 들어앉은 거다.

아직 첫 월급날은 멀었지만 그래도 지금까지 성규 덕분에 진행한 일이 많아 오늘은 창현이 사기로 했다.

“삼겹살 먹을 거지?”

“어, 3인분.”

"혼자?"

"어."

"삐쩍 곯은 놈이 많이도 먹는다. 이모! 여기 삼겹살 5인분이랑 밥 두 개요! 된장찌개 나오죠?"

이모가 알았다는 듯 고개를 끄덕이자, 성규가 카운터로 가 TV 리모컨을 가져온다.

"집에 TV 없다고 식당 와서 보자는 게 좀 궁색하다 싶었는데, 식당에 사람이 없어서 오히려 좋은데?"

이 시절만 해도 토요일에 출근을 했다.

학생들도 학교에 갔다. 다른 날보다 좀 일찍 끝나지만.

2024년의 금요일엔 어딜 가나 사람들이 바글거리지만 이 시대의 금요일은 그때보단 덜하다.

물론 이 시대에도 먹자골목이 늘어선 시내의 금요일은 사람이 많지만 이런 변두리의 외진 삼겹살집은 손님이 뜸하다.

성규가 TV를 틀며 물었다.

"몇 번이냐?"

"가요 프로그램 안 보냐? 당연히 MBC 아니냐."

"그럼 11번이네. 나 팝 프로그램만 봐. 몇 시에 시작하지?"

"7시 15분인데, 이 주의 신인 프로그램에 나오니까, 아마 7시 40분쯤 나올 거래."

"워, 아직 시간 좀 있네. 근데 진짜 네가 편곡했어?"

"그렇다니까? 기타 세션도 뛰었고."

성규가 실소를 지었다.

"뻥."

"진짜다."

"너 기타 나보다 못 치면서."

"……."

그러네. 이 시절 창현은 성규보다 못했다. 애초에 성규를 밴드에 넣은 것도 자신의 모자란 사운드를 채워줄 사람으로 실력 있는 녀석을 뽑은 것이었으니까.

성규가 팔짱을 끼며 말했다.

"뭐, 싼 맛에 했나 보지. 그래도 넌 기타보단 노래를 잘하는데. 근데 너 원래 작곡도 했냐?"

"……."

잊고 있었네. 이 무렵엔 작곡을 못 했지.

성규와 하던 밴드는 미국의 유명 밴드를 카피해 그들의 음악을 연주하는 카피 밴드였다.

거짓말을 하느니 차라리 입을 닫자고 생각한 창현이 묵묵하게 소주만 마시니, 성규가 혀를 차며 말했다.

"새끼, 생각보다 재주가 많네."

서울 와서 만나는 친구가 성규밖에 없어 그렇지, 이 녀석과는 말 그대로 사회 친구다.

창현과 알게 된 지 불과 몇 개월 되지도 않으니 아는 것이 적을 수밖에. 그래서 의외로 자연스럽게 넘어갈 수 있다.

성규가 빈 잔을 채워주며 말했다.

"장석준이라고 했나? 어때? 실력 있어?"

"목소리 좋아. 자기 노래도 직접 만들더라."

"그래? 포크 가수야?"

"어. 근데 이번 건 내가 편곡하면서 포크 록으로 바꿔놨고."

"야, 요즘 포크 누가 듣냐? 댄스나 트로트, 발라드라면 또 몰라."

지금은 그렇지. 발라드가 강세를 보이다가 심신 데뷔 후 댄스 음악이 히트하고, 곧 서태지와 아이들이 데뷔하면 대한민국 음악 시장 판도가 바뀌는 날이 온다.

고기가 나오고, 불판 위에서 지글지글 익어가는 고기가 익기만을 기다리던 성규가 말을 꺼낸다.

"야, 꼰대가 그러는데."

"어?"

"변진섭 그 양반 있잖아."

"어."

"이번 앨범에서 히트할 만한 노래가 안 보인다고 고민하던데?"

"……."

아직 그럴 때지. 진짜 히트 곡들이 다른 가수들의 거절과 고사를 돌아 변진섭 씨에게 올 때까진 시간이 좀 걸릴 거다.

창현이 젓가락을 세워 바닥에 콕 찍어 열을 맞춘 후 삼겹살 한 점을 쌈장에 찍어 먹는다.

“확실히 뜨니까 의심 마시라 그래. 내 돈은 넣으셨고?”

“어, 네 돈은 뭐 꼴랑 2백이니까.”

와, 잘사는 집 재수 없는 자식 말하는 본새 좀 봐라. 2백이 옆집 개 이름이냐?

“아버님은 얼마 하시는데?”

“네가 최대 지분 확보하라고 했다며?”

“어.”

“1집에서 반짝했지만 일단은 신인이니 아마 최대 지분이 3천만 원 정도일걸?”

3천만 원이라. 성규 아버님도 고민할 만한 액수이긴 하다. 하지만 창현은 안다. 그는 반드시 성공한다.

이런저런 이야기를 하다 보니 시간이 꽤 지났다.

화면에 쇼 네트워크의 전문 MC 얼굴이 보인다. 2000년대 들어서 음악 프로그램의 MC를 가수들이 보기 시작했지만 이 시절엔 전문 MC가 따로 있었다. 보통 아나운서 출신들이다.

두 남녀 MC가 이달의 신인을 소개한다는 코멘트를 하

자, 성규가 다리를 꼬며 TV 쪽으로 몸을 돌린다.

"자, 어디 보자. 내 친구 놈이 얼마나 사운드 잘 잡아놓았나."

통기타 하나 들고 무대 중앙 의자에 앉은 석준의 모습이 보인다.

그의 뒤로 안개들이 피어오르고 밴드의 모습이 그림자처럼 보이는 무대가 시작되자, 처음 울리는 전자 기타 사운드를 들은 성규의 눈이 튀어나올 지경이다.

"이 톤은 뭐야? 어디 이런 족보 없는……."

이 시대의 사람들에게 생소한 톤. 창현이 빙긋 웃었다.

'당연하지, 내년에 데뷔하는 오아시스의 기타 사운드 톤이니까.'

2집부터는 좀 자글자글한 사운드를 냈지만, 1집의 오아시스는 무척 시원하게 뻗어나가는 톤을 사용했었다.

장충 스튜디오에 존재하는 아홉 개의 이펙터 전체를 사용해 만들어준 톤은 TV를 뚫고 나와 식당 안을 가득 메운다.

주방에서 접시에 반찬을 담던 아주머니도 고개를 내밀고 TV를 보고 계신다.

이윽고, 석준의 노래가 시작되자 성규 녀석이 몸을 부르르 떤다. 창현은 녹음 내내 석준이 노래하는 것을 지켜보았기에 TV보다는 성규의 반응에 집중했다.

'괜찮나 보네. 이 녀석 반응 보니.'

식당 안에 사람이 좀 더 있었으면 반응 보는 맛이 있었을 텐데. 성규와 식당 아주머니밖에 없으니 모니터링하기 쉽지 않다.

노래가 끝날 때까지 말없이 TV에 시선을 고정했던 성규는 마침내 노래가 끝나고 석준이 정중히 허리를 숙이는 모습을 보곤 그제야 잊고 있었던 소주를 입에 털어 넣는다.

잠깐 혼이 나간 듯한 얼굴이 된 성규가 창현을 바라본다.

"이걸…… 네가 만들었다고?"

"원래 있던 곡을 편곡한 거라고, 어떠냐?"

성규는 한참 창현의 얼굴을 뚫어지게 보다 바지 주머니에 손을 넣는다. 뭘 꺼내려고 그러나 싶어 녀석의 손을 보고 있는데 주머니에서 뺀 손이 엄지를 들고 있다.

"뭐야, 하하."

"존X 좋다."

"진짜?"

"어, 근데 록이네? 약간 비틀즈 같은 영국 록 냄새가 나는데."

감 좋은 자식. 근데 비틀즈는 아니지. 하긴 오아시스를 본 적이 없으니 비교 대상이 없겠지.

"뜨겠냐?"

"글쎄, 대한민국에서 될까 싶기는 한데. 객관적으로 좋기는 하다. 저기도 투자했냐?"

"……."

투자라. 그건 생각을 못 했네.

하긴 석준은 역사에 이름을 남기지 못한 가수였으니 투자할 엄두는 못 냈지.

"아니."

"왜? 존X 좋은데."

"음, 좀 애매해서."

"와, 너 저작권도 받는 놈이 애매하다고 말하기 있냐?"

"하하, 그건 또 그러네."

"기타 사운드 뭘로 냈어?"

"좀 복잡하다."

"나중에 알려줘라. 나도 저런 사운드 한번 내보게."

"알았다. 나 화장실 좀."

행여 석준의 무대를 지나칠까 참고 있던 화장실 욕구가 밀려온다.

창현이 바지춤을 붙잡고 화장실로 가자 다리를 꼬고 턱을 괸 채 창현의 뒷모습을 보던 성규가 씩 웃는다.

"생각할수록 아깝네, 저놈이랑 같이 밴드 했으면 진짜 괜찮은 거 나왔을 텐데."

미국 가겠다고 빨빨거리더니 괜한 자신감이 아니었구나 하는 생각을 하던 성규는 머리를 맴도는 기타 톤 덕분에 손가락을 꼬물거렸다.

'나도 저런 사운드 한번 내고 싶네.'

그리고 이 순간 이런 생각은 비단 성규만 하고 있는 것이 아니었다.

장충 스튜디오의 아침.

출근을 해 평소처럼 청소를 하던 창현이 가게 전화가 울리는 걸 듣고 달려와 수화기를 들었다.

"예, 장충 스튜디오입니다."

-안녕하십니까, 여기 현대 레코드입니다.

"아, 예. 예약하시려고요?"

-네, 혹시 예약하면 장석준 가수 기타 세션분 고용 가능할까 해서요.

"예?"

-어제 데뷔한 장석준 가수가 거기서 녹음했다고 들었습니다. 백창현 씨라는 세션분 좀 쓸 수 있을까요?

"아, 제가 백창현입니다만."

-백창현 씨 본인 되십니까? 거기 직원이라고 하던데.

"네, 맞습니다."

-저희 쪽에서 준비하는 가수가 그쪽 기타 톤이 무척 마음에 든다고 해서요. 혹시 스케줄 가능하십니까?

당연히 가능하지. 하지만 바로 그렇다고 말하는 건 없어 보인다.

괜히 장부를 펼쳐 종이 넘기는 소리를 크게 낸 창현이 말했다.

"예약 일자가 언제인가요?"

-예, 4월 28일부터 3일간 오후 1시부터 두 프로 예약 잡겠습니다.

"4월 28일부터…… 아, 예. 마침 그날 비어 있네요. 가능합니다."

-세션도 가능하신 거죠?

"예, 그날은 괜찮습니다."

-세션 비용은 얼마인지.

2만 원이라고 말할 뻔했다. 마침 출근한 사장님이 수화기를 뺏지 않았다면.

출근을 하던 사장님은 이미 말이 오간 내용을 들었는지 바로 수화기를 빼앗아 말했다.

"안녕하십니까, 장충 스튜디오 사장 정화영입니다. 기타 세션 비용은 따로 협의를 하셔야 합니다. 예, 예. 그럼 당일에 함께 오셔서 계약하시죠. 알겠습니다, 준비해 두겠습니다."

사장님이 창현을 힐끔 보고 수화기를 내려놓곤 씩 웃는다.

"내 이렇게 될 줄 알고 있었지."

"……."

"너 인마. 몸값은 네가 직접 올리는 거다. 석준 씨 방송 보고 내 주변 사람들이 전화해서 기타 톤 관련 문의할 때부터 이렇게 될 줄 알았지. 세션 비용 물어보면 앞으로 나처럼 대답해, 알았지?"

"아, 감사합니다."

"오늘 오전부터 예약 있지?"

"예, 사장님. 거성 레코드에서 9시 30분부터 세 프로 예약 잡았어요."

"그래, 바로 준비하자."

그때, 가게 문의 종소리가 들린다.

거성 레코드 관계자들 몇이 들어와 사장님과 악수를 하는 것이 보인다. 얼른 그들이 예약한 스튜디오에 가 장비 정리를 하려는데 뒤에서 그들의 대화 소리가 들려온다.

"여, 사장님. 어제 방송에 나온 장석준 그 친구도 여기서 녹음했다면서요?"

"하하, 보셨군요?"

"기타 톤이 정말 색다르던데. 우리도 그렇게 내주실 수 있습니까?"

"아, 그건 세션 맨을 따로 쓰셔야 됩니다. 독보적인 톤을 내는 세션이 있거든요."

"그렇습니까? 바로 연락해 주실 수 있을까요? 아니, 그런 친구라면 예약이 풀로 잡혀 있겠죠?"

"하하, 돈만 많이 주면 하지 않겠습니까?"

"음, 한 프로 5만 원으로 제의해 주시겠습니까?"

헐, 한 프로 5만 원? 두 프로만 뛰면 10만 원이야, 그럼?

뒤로 돌아서서 귀를 쫑긋거리고 있자니 웃음기가 밴 사장님의 목소리가 들린다.

"창현아, 할래?"

돌아보니 사장님을 위시한 거성 레코드 관계자들 모두가 자신을 보고 있다. 저 친구가 그 기타 세션 맨이냐는 표정을 나누는 사람들.

창현이 민망하게 웃으며 머리를 긁었다.

"그럴까요?"

사장님이 밝게 웃으며 말했다.

"하겠답니다. 사실 저희 직원이거든요."

"오! 다행입니다. 안 그래도 사장님이 이번 앨범 녹음에 장석준 가수의 기타 사운드를 넣어볼 방법을 찾으라고 직접 지시하셨는데 잘됐네요. 바로 계약서 쓸까요?"

"바로 말입니까?"

"하하, 어제 방송 보고 나니 왠지 빨리 저 친구와 계약하지 않으면 다른 데 뺏길 것 같아 말입니다. 저희도 시간이 촉박해서."

사장님이 창현을 바라보며 씩 웃는다.

"계약서부터 쓸까, 창현아? 정리는 나중에 하고."

지금 이 순간.

사장님의 얼굴이 자신을 회귀시킨 신의 얼굴로 보이는 창현이다.

"예, 사장님!"

장충 스튜디오의 대기실.

홀로 TV를 보고 있는 창현의 얼굴은 귀신에 홀린 표정이다.

"세상에."

한 달 만에 역사가 바뀌어 버렸다.

TV 속 쇼 네트워크의 이번 주 1위 곡이 석준의 슬픈 인사다.

아무리 기억을 뒤져봐도 장석준 이란 이름은 기억에 없는데. 음악 프로그램에서 1위를 해버렸다.

"역사가…… 바뀔 수도 있는 거야?"

어쩌면 당연한 건가? 회귀를 한 자신이란 존재가 있다는 것 자체가 역사가 뒤틀린 거니까.

게다가 미국에서 활동을 하기로 결심했는데 정해진 역사가 바뀌지 않는다면 이번 생 역시 무명의 가수로 전전하다 굶어 죽게 된다는 것이니 이런 일이 자신에겐 희망이 된다.

TV 속에서 눈물을 흘리며 수상 소감을 말하는 석준의 목소리가 들린다.

【너무나 감사합니다. 무명 가수로 전전하던 저를 발굴해 주신 만선 기획 관계자 여러분들, 그리고 우리 가족들. 모두에게 감사합니다. 무엇보다 장충 스튜디오 분들이 생각이 나네요. 백창현 씨 보고 계십니까? 당신이 없었다면 지금의 저도 없었을 겁니다. 정말 감사합니다. 감사합니다!】

워, 연말에 대상 받는 연예인들이 수상 소감을 말할 때 자기 이름이 언급되면 그리 기분이 좋다고 하더니. 진짜였네. 공중파에 자신의 이름이 나가다니 미치고 팔짝 뛸 만큼 좋다.

보통 남이 잘되면 배가 아프게 마련인데 석준의 경우는 자신의 저작권료 가치가 오르는 거라 그런지 덩달아 기분이 좋아진다.

석준이 장부를 보며 든든한 은행 통장을 보듯 미소 짓는다.

'이번 주에만 세 프로. 다음 주엔 네 프로 예약이다.'

세상에, 월급이 20만 원인데 2주 만에 세션 수입만 일곱 프로다. 돈으로 환산하면 무려 35만 원.

사장님 말씀으론 업계 탑급의 세션 비용은 아니라고 하지만 이게 어딘가? 이대로 가면 대기업 회사원 월급은 가볍게 뛰어넘겠다. 물론 안정적인 고정 수익은 아니지만.

즐거운 얼굴로 카운터에 앉아 발을 까딱이던 창현이 시계를 힐끔 보고 벌떡 일어난다.

“내 정신 좀 봐. 이러려고 퇴근 안 하고 있는 게 아닌데.”

저녁 8시. 장충 스튜디오의 영업시간이 끝난 시각이지만 아직 창현은 퇴근하지 않고 있다. 정확히 말하면 이렇게 한 지 며칠째다.

‘황금빛에 대해 연구해야 돼.’

편곡할 때 보았던 그 황금빛의 정체.

혹시 작곡에도 쓸 수 있을까 싶어 빈 오선지 위에 코드를 그려 넣었다. 하지만 첫 코드가 들어갈 자리에 세상에 존재하는 모든 코드 주기를 다 넣어봤지만 색은 변하지 않았다.

그래서 오늘은 새로운 실험을 해볼 생각이다.

창현이 가방을 뒤적여 꺼낸 건 어떤 곡의 악보였다.

‘1989년 5월 13일. 가장 최근에 빌보드 1위를 한 곡의 악보.’

Bon Jovi의 I'll Be There for You란 곡의 악보다.

장충 스튜디오에서 제일 가까운 대교 문고에 가서 사온

거다. 역시 메이저 뮤지션의 악보는 이 시대에도 발간되는구나. 물론 영어로 된 거지만.

'하지만 영어는 내게 장애물이 아니지.'

창현은 영어를 잘한다. 공부는 더럽게 못했는데 어떻게 영어만 잘하냐고?

한국에서 별짓을 다 해도 못 뜨니 자신의 밴드는 세계를 상대해야 인정받을 수 있다는 자위를 하며, 가사를 영어로 쓰기 시작하면서 따로 공부했다.

특히 미국 놈들이 자주 쓰는 유행어 등을 열심히 공부하는 바람에 가끔 언더그라운드 무대를 찾는 미군들과 현지인처럼 대화할 수 있는 수준까지 만들었다.

언제 미국에서 활동할 기회를 얻을 수 있을지 모른다는 희망을 갖고서.

물론 미국 근처도 못 갔지만 말이다.

잡설이 길었지만 악보 보는 데 언어가 무슨 상관이냐?

오선지에 코드 써 있고 콩나물 대가리 써놓은 건 만국공통인 것을.

통기타 하나를 잡은 창현이 전주 연주를 해본다.

'D 코드로 전주 가다가 Em에서 G로, D 코드로 변형되는 단순한 구조.'

인쇄된 악보의 음표나 코드는 모두 검은색이다. 하지만 한 곡을 완주해 본 뒤 빈 A4 용지에 악보를 옮겨 적자, 코드들이 황금빛을 뿜기 시작한다.

'역시. 내가 직접 옮겨 써야 색이 바뀐다.'

Bon Jovi의 음악이라고 무조건 악보 전체가 황금빛은 아니었지만 적어도 코드 진행만은 모두 황금빛이다. 음표들도 몇 개를 빼곤 거의 황금색으로 빛나고 있다.

'빌보드 1위를 한 곡이니 당연한 건가?'

가만히 악보를 바라보던 창현이 혹시나 해서 빈 오선지를 꺼내 다른 악보를 적어나가기 시작한다.

'한번 시도해 보자.'

이 시대에 아직 발표되지 않은 곡을 쓰면 이 빛이 어떻게 될까?

창현이 쓱쓱 써 내려가고 있는 악보는 91년에 발표한 Nirvana의 Smells Like Teen Spirit. 90년대 중반부터 수많은 학생 밴드를 양산 시킨 희대의 명곡이다.

"어……?"

뭐지? 악보 전체가 검은색이다. 단 하나의 코드도, 또 음표도 색이 바뀌지 않았다.

이럴 수가 있나? Nirvana는 시대의 아이콘인데.

그들의 곡 중 가장 히트를 한 곡이 황금빛이 아니라고?

"혹시 모른다."

이번엔 Come as You Are의 악보를 써봤다. 92년에 나올 Nirvana의 곡이다.

하지만 이번에도 역시 마찬가지다.

"뭐지?"

창현은 검은빛의 볼펜 색만 나온 두 악보를 나란히 두고 고민했다.

"히트할 수 있는 음악을 알려주는 게 아니란 건가?"

그럼 뭔데? 석준의 음악은 음악방송 1위를 했는데?

창현이 눈을 들어 벽에 붙어 있는 빌보드 차트 순위를 보았다. 이 시절의 스튜디오에는 대부분 빌보드 차트의 순위가 붙어 있곤 했다.

"4월 22일부터 3주간 마돈나의 Like a Prayer가 빌보드 1위를 했다."

록 뮤지션을 제외하곤 크게 관심이 없어 이번 주에 1위를 한 Bon Jovi 다음에 누가 1위를 하는지 기억이 안 난다. 아마 Paula Abdul인 것 같기는 한데.

이 무렵 나이트 클럽에 가면 그녀의 음악이 뻥뻥 울렸으니까 대강 이 무렵일 거다.

"전혀 모르겠네, 젠장."

이걸 어떻게든 써먹어야 되는데 어떻게 발동되는지 원리를 모르겠다.

일단 지금까지 밝혀진 걸 정리해 보자.

이미 작곡이 완료된 악보에 한해 변형을 주었을 때 색이 변한다는 것.

자신이 직접 악보를 써야 바뀌는 빛을 볼 수 있다는 것 정도.

그리고 황금빛이 찬란하게 빛나는 악보는 히트한다.

문제는 희대의 명곡을 써봐도 색이 변하지 않는다는 것인데.

'아직 미발표곡이라 그런가?'

생각이 거기까지 미치자 창현의 미간이 좁아진다.

'혹시.'

잠깐만, 생각을 정리해 보자.

지금이 1989년 5월 중순이다. 이때까지만 해도 Nirvana의 음악은 비주류였다. 이들이 처음 결성된 시기는 1987년. 물론 마지막까지 함께 하는 멤버가 다 모인 시기.

그러니까 Nirvana의 드러머이며 Foo fighters를 2024년까지 이끄는 Dave Grohl까지 밴드에 합류한 시기는 1990년이다.

지금 이 시기의 Nirvana는 아직 인기를 얻지 못했다.

'혹시 시기의 차이인가?'

당장 히트할 수 있는 곡이 황금빛으로 보이는 걸까? 그게 아니라면 설명이 되질 않는다.

Nirvana는 Smells Like Teen Spirit란 곡으로 일약 세계적인 스타가 되며, 40년이 지난 후에도 이 곡은 사랑받는다.

그런데 이런 곡이 황금빛이 아니란 건 납득할 수 없다.

한참을 골머리 썩던 창현이 시계를 보았다.

벌써 밤 10시가 넘었다. 곧 버스가 끊길 시간이니 여기서 밤을 새울 생각이 아니면 이제 일어나야 된다.

혹시 아직 미발표곡의 악보를 누군가 보게 될까 잘게 찢어 주머니에 쑤셔 넣고 스튜디오 문을 잠그고 밖으로 나온 창현이 골목길로 들어가 잘게 찢은 악보를 불에 태웠다.

'이걸 알아내야 제대로 써먹을 텐데.'

스튜디오 일과 세션을 병행하며 빛에 대해 연구하는 동안 다시 두 달이 지나 7월이 되었다.

창현은 주한 미대사관에서 나와 잔뜩 인상을 찌푸리며 건물 방향으로 침을 뱉었다.

"개새끼들이 또 이러네."

또 물을 먹었다. 미국 비자에 물 먹은 게 벌써 다섯 번째다.

여행사를 끼고 해야 되나? 아니다, 그럼 4박 5일이나 6박 7일 정도의 단기 비자밖에 못 받는다.

연속해서 물을 먹다 보니 안면을 튼 대사관 한국 직원 말에 따르면 미국인이나 미국 영주권 보유자가 초청을 해주면 비자가 좀 쉽게 나온다는데, 뭐 아는 사람이 있어야 말이지.

혹시나 해서 박영식에게 물었지만 그도 미국인은 아는 사람이 없다고 한다.

하긴, 올해 겨우 해외여행 자유화가 된 나라에 사는 사람이 벌써 미국에 아는 사람이 있을 리가 없지.

소수의 국민이 미국으로 이민을 갔다고 들었는데 그들도 아직 영주권이 나오려면 멀었으니까.

한시라도 빨리 가야 되는데. 그래서 1년이라도 더 음악을 해보고 싶은 마음이다.

'정 안 되면 한국에서 해야지.'

플랜 B는 있다.

미국행이 어려울 경우엔 한국에서 음악을 시작할 거다.

만선 기획을 시작으로 자신에게 함께 작업을 해보자 제의한 회사는 총 세 군데. 보통 가이드 작업을 할 때 부른 노래를 듣고 제의한 거다.

그들과 연계해 일단 데뷔를 하고 활동하며 돈을 끌어모은 뒤, 미국행이 좀 자유로워지는 시기를 기다렸다 넘어가는 방법을 쓸 거다.

물론 바로 미국에 가서 부딪치는 것보다 안정적이지만 시기가 늦어진다.

시기가 늦어지면 안 된다. 곧 얼터네티브가 세상을 지배하는 시기가 온다. 후발 주자로 가서는 답이 안 나온다.

이놈도 저놈도 전부 펑크, 얼터 할 때 블루오션에 뛰어드는 건 자살행위나 마찬가지이니까.

미국 비자 발급 거절 서류를 구긴 창현이 하늘을 보았다.

"그렇다고 이대로 플랜 A를 포기할 순 없지. 내가 어떻게 살아왔는데."

세상 탓과 타인에 대한 원망이나 하며 허송세월을 보냈던 전생을 답습하고 있을 순 없다. 뭐라도 해야 한다. 창현이 입을 꾹 다물고 장충 스튜디오 방향의 버스에 몸을 실었다.

한 시간 뒤 장충 스튜디오.

정 사장이 스튜디오 문을 열고 들어오는 창현의 표정을 보고 허탈하게 웃었다.

"이번에도 물 먹었냐?"

"하, 예."

"쉽지 않다니까. 그냥 한국에서 하지 그래? 기획사 사장들이 너 못 데려가서 안달이던데."

창현이 가방을 내려 두며 말했다.

"기획사 사람들과 이야기 안 해본 거 아닌데요."

"오, 이야기 해봤어?"

"예, 저 데려가서 뭐에 쓸까 싶어 한번 물었는데 발라드 하라고 해서요."

"발라드가 어때서? 요즘 쏠쏠하게 인기 많던데."

"발라드만 하라니까 문제죠."

"음, 하긴 넌 록을 좋아하지. 근데 한국에서 되겠냐? 시나위도 크게 라디오를 켜고 이후엔 별다른 성과 못 내고 있는 판국인데."

"그러니까 더 미국에 가야죠. 사장님은 미국인 아는 사람 없어요?"

"음, 장비 수입하는 회사 직원 말고는 딱히 없네, 미안."

창현이 로비 소파에 앉아 마른세수를 하며 말했다.

"사장님이 미안해하실 일은 아니고요. 저기 사장님. 저 오늘부터 영업시간 끝나고 스튜디오 좀 써도 될까요?"

"뭐 하게?"

"녹음해서 데모 테이프 좀 만들어 보게요."

"데모 뿌리게?"

"예, 가만있음 누가 절 써주나요, 움직여야 기회가 나오죠."

정 사장이 활짝 웃는다.

"내가 이래서 널 좋아하지. 그래! 한번 해봐라. 시설은 맘껏 쓰고."

"고맙습니다, 사장님."

4장

그녀가 처음 울던 날

아무도 없는 스튜디오.

정 사장의 배려로 가장 비싼 A 스튜디오에 앉은 창현이 눈앞에 놓인 작은 카세트 테이프를 바라보았다.

가수의 얼굴이 스케치되어 있고, 오른쪽 하단에 사인이 있는 앨범 커버. 변진섭의 2집이 드디어 발매되었다.

2020년대의 음악 시장은 가수들의 활동 시기가 매우 짧은 편이다.

앨범이 발매되면 한 곡의 활동 시기는 짧으면 2주, 길면 4주다.

앨범을 내면 당일에 1위를 하는 경우가 많고 이후 천천히 하락세를 겪는다.

인기가 완전히 꺾이기 전에 후속으로 또 곡을 내 인기를 유지하는 방법이 일반적이다.

하지만 1989년의 음악 시장은 다르다.

앨범이 나오고 천천히 입소문을 타 몇 개월이 지나야 차트에 이름을 드러낸다. 변진섭의 곡도 마찬가지지다.

'성규 아버님도 결국 투자를 하셨지.'

자신의 말을 완전히 믿지는 못하신 모양이다.

성규 말에 의하면 박 사장님은 변진섭 2집 앨범에 천만 원을 투자하셨다고 한다. 내년이 되면 후회하시겠네. 천만 원이면 지분 15% 정도일 테니까.

창현은 카세트 플레이어에 변진섭 2집을 넣고 플레이시켰다. 음향 시설이 워낙 훌륭한 곳이라 그런지 질 나쁜 카세트로 들어도 꽤 들을 만하다.

뒤늦게 그에게로 간 곡이지만 메인 타이틀로 지정된 '너에게로 또 다시'가 제일 먼저 나온다.

"음, 언제 들어도 좋네. 역시 노래는 옛날 노래가 더 좋아."

이 시대를 살아가는 놈이 이달에 나온 곡을 옛날 노래라 말하는 게 좀 웃기지만 하여간 창현의 입장에선 그렇다.

숙녀에게, 로라 등과 같은 곡들을 들으며 빈 오선지를 바라보는 창현이 생각에 잠겼다.

'데모를 뿌리려면 일단 노래부터 만들어야 된다.'

데모의 자격을 갖추려면 적어도 세 곡은 필요하다. 익숙하게 오선지에 머니 코드를 뿌리던 창현이 와락 종이를 구겨 버린다.

'무심코 습관대로 할 뻔했네. 예전엔 죽이는 기타 리프를 만들어놓고 거기 맞게 노래를 만들었지.'

하지만 아주 오랜 시간이 흐른 뒤 그 방법이 틀렸음을 알았다.

Queen의 노래 중 Another One Bites the Dust는 베이스 연주자가 죽이는 베이스 리프를 만든 후 뒤에 노래를 붙여 히트시켰다고 하던데. 그건 아주 소수의 음악 이야기다.

'내가 어떤 이야기를 들려주고 싶은지부터 생각해야 돼.'

90년대의 음악은 메시지가 중요하다. 대중에게 들려주고픈 말이 무엇인가가 중요한 시기라는 뜻이다.

"내가 제일 먼저 하고 싶은 이야기."

창현은 새 오선지 대신 수첩을 꺼내 빈 페이지를 찾았다.

들고 있던 기타도 놓고 구석진 모서리에 기어들어 가 쪼그리고 앉은 뒤 수첩에 자신이 하고 싶은 이야기의 키워드를 써 내려가 본다.

한참 연결되지 않는 단어들을 마구잡이로 쓰던 창현은 본인이 쓴 내용을 보더니 한숨을 쉰다.

"조롱이네."

자신이 써놓은 단어들.

조롱(嘲弄), 조소(嘲笑), 우롱(愚弄)이란 글자가 제일 먼저 보인다. 그리고 자신이 조소하고, 조롱하며 우롱하는 대상은 바로 스스로다. 자신의 과거에 대한 이야기인 것이다.

결과적으로 이 모든 부정적 단어를 함축해 보면 한 단어가 나온다.

'후회(後悔).'

잠깐 숙연한 기분이 들었지만 고개를 흔든 창현이 잡념을 떨친다.

자신도 그렇지만 사람들은 보통 후회를 바람직하지 않다고 생각한다.

하지만 후회는 우리의 발전을 돕는 중요한 감정이다. 인생은 후회를 통해 인간에게 강력한 교훈을 준다. 바로 자신이 그랬던 것처럼.

창현은 후회가 낳은 감정 중 자기 연민을 지웠다.

그건 누군가가 자신의 인생을 불쌍하게 봐달라 피해 의식을 갖는 의미밖에 되지 않으니까.

창현이 다시 생각을 정리해 수첩에 써 내려간다.

'무한 긍정은 과연 좋은 걸까? 아니, 오히려 독이 될 수도 있다.'

음악을 하다 만난 아내와 결혼에 골인하고, 음악으로 승승장구하며 아내를 행복하게 해주는 꿈을 꿔본 적이 있다.

무한히 긍정적인 생각만 하다 인생이 흩어져 버렸다. 그리고 뒤를 이어 찾아온 감정은 행복해야 한다는 강박이었다.

그때는 참 힘들었다.

스스로도 힘들었지만, 자신 때문에 힘들어하는 아내를 보는 행위도 무척 힘들었다.

수첩에 단어를 나열하던 창현의 펜이 멈춘다.

'보고 싶다.'

그냥 멀리서 한 번만 보고 오면 괜찮지 않을까?

아무 피해도 끼치지 않고 그냥 지켜만 보는 정도는 허락되지 않을까?

시간을 보니 저녁 7시 20분을 막 넘어가고 있다.

아내는 결혼 전에 밤 10시까지 공장에서 일한다고 했었다. 2교대라 밤 10시에 출근해 아침 10시에 퇴근하기도 했다고.

'아직 일할 시간인데.'

문래동 방직 공장.

위치도 안다. 거기 근처 창고를 빌려 공연하다 아내를 만났으니까.

연애 시절에도 공장을 다니던 아내 덕분에 공장 근처에서 그녀가 끝나기를 기다렸던 밤도 많다.

데모 테이프를 만드는 것이 우선이지만, 자신이 무엇을 말하고 싶은지 정하는 것이 먼저라는 생각이 앞선 창현은 조금 더 고민하다 천천히 일어났다.

"얼굴만 보고 오자."

그럼 조금이라도 힘이 날 것 같다.

뭐라도 생각이 날 것 같다.

아니, 이건 어쩌면 자기변명일지 모른다.

그냥 솔직해지자. 너무 보고 싶다. 그게 감정의 전부다.

문래동 방직 공장.

2020년의 문래동은 주택가 밀집 지역이지만 이 시대는 아직 공장이 많았다.

특히 문래동은 1930년대부터 공장이 세워지면서 마을까지 생겨날 정도로 대단위 산업 지역이었다.

오목내 다리 근처의 문래 2동 밭 지대를 건너면 60년대부터 시작된 산업화 정책으로 들어선 제철, 철강 공장이 있다.

그곳을 지나 문래 4동으로 가면 가내수공업 형태의 영단 주택들이 보인다.

저곳에 아내가 있다.

흐린 눈빛으로 기계적으로 걷던 창현의 발걸음이 멈춘다.

그의 눈앞에 간판도 없는 1층 영단 주택 공장이 보인다. 녹색 페인트로 칠해진 녹슨 철문이 활짝 열려 있고, 공장의 백색 소음이 들려온다.

한 걸음만 더 가면 안에서 일하는 사람들을 볼 수 있었지만 어쩐지 창현은 발걸음이 떨어지지 않았다. 손도 조금씩 떨리는 느낌이다.

아내와 결혼을 한 건 24세 가을. 아내가 자신을 떠난 건 38세 때였다. 창현은 무려 20년이나 아내를 보지 못하고 그리워만 했었다.

오래도록 보고 싶었는데.

오래도록 만나지 못했다.

창현이 문 앞에서 머뭇거리다 담배 한 개비를 물었다.

도저히 마음이 진정되지 않아 담배 한 대를 태울 생각이었다.

바로 그때, 아주머니 목소리가 들려온다.

"총각, 미안한데 공장 안으로 담배 연기가 들어오거든. 저쪽 가서 태우면 안 될까?"

윽박지르는 말투가 아니다. 좋게 부탁하는 말투.

마음이 복잡했지만 흡연으로 남에게 피해를 줘선 안 된다. 즉시 불을 붙이려던 담배를 입술에서 뗀 창현이 아주머니 쪽으로 보고 그리하겠노라 말하려다 그대로 굳어버린다.

하얀 수건을 머리에 두르고, 물방울무늬가 들어간 편한 바지와 주황색 촌스러운 티셔츠를 입고 선 아주머니.

그녀를 보는 순간 창현의 머리가 하얗게 변했다.

'장모님.'

결혼 후 1년이 지나고 돌아가신 장모님이 눈앞에 서 계신다.

장모님이 돌아가신 후, 아내는 3년이나 울었다.

처음엔 매일 밤마다. 점점 뜸해졌지만 기일이 되면 그리 구슬프게 울며 엄마를 찾곤 했다.

엄마가 되어도 필요한 것이 엄마라고. 그렇게 말했었다.

아주 어릴 때 이미 어머니가 돌아가셔서 편부가정에서 자란 창현은 이해할 수 없는 감정이었지만, 그래도 사랑하는 아내가 우는 모습은 항상 마음이 아팠었다.

장모님이 굳어 있는 창현을 보다 배시시 웃으며 제 얼굴을 만지신다.

"왜? 내 얼굴에 뭐 묻었어요?"

"……."

웃는 모습이 아내를 닮았다. 꼭 빼다 박았다.

만약 아내가 자신에게로 와 행복하게 살았다면 마흔이 좀 넘은 나이에 저런 모습으로 웃어주지 않았을까?

다짜고짜 남의 공장 문 앞에서 담배를 태우다 주의를 받곤 말없이 빤히 보기만 하는 남자가 이상하게 보일 텐데 장모님은 웃으며 농을 하신다.

"총각같이 잘생긴 남자가 자꾸 보니까 부끄럽네."

"……."

성격도 좋으시지. 얼마 없는 기억이지만 장모님은 항상

자신을 사랑하셨다.

부산에 있는 아버지는 뵙기 힘들었지만 문래동에 계시는 장모님은 자주 뵈었기에 1년간의 기억이 참 좋았는데.

우리 부부가 찾아오면 자기 딸은 안 보고 사위 손만 꼭 잡고 어디 아픈 데 없는지, 딸이 밥은 잘 챙겨주는지 묻곤 하셨다.

한순간이지만 자신의 팔자에는 없던 엄마가 생긴 기분이었다.

입을 열면 울음이 터져 나올 것만 같았다.

그래서 입을 꾹 다물고 허리를 넙죽 숙인 후 빠른 걸음으로 공장을 돌아 장모님이 보이지 않는 곳까지 뛰었다.

그러곤 무릎을 잡고 허리를 숙여 숨죽여 참았던 울음을 터뜨렸다.

자신이 조금만 더 괜찮은 남자였다면.

조금만 더 능력 있는 사위였다면.

장모님 건강까지 신경 써줄 수 있는 여유가 있었다면.

그토록 사무친 아내의 슬픔을 보지 않고.

저토록 예쁘게 웃는 장모님을 계속 볼 수 있었을 텐데.

혹시 소리가 들릴까 끅끅 울음소리를 참고 오열하던 창현은 잠시 시간이 지난 후에 진정을 하고 마침내 담배 한 대를 태웠다.

폐부를 돌아다니다 굵게 뿜어져 나온 뒤 흔적도 없이 흩어지는 담배 연기를 물끄러미 바라보던 창현의 눈썹이 꿈틀한다.

'잠깐만.'

아내와 만난 건 이맘때였다.

그리고 1년 후, 그러니까 1990년 10월에 결혼했다.

장모님은 1991년 3월부터 몸에 이상을 느끼셨지만 병원비 아낀다고 버티셨다.

그러다 5월경에 아내가 장모님 상태를 보고 병원에 끌고 가 유방암 말기 진단을 받았다.

그러곤 딱 3개월 후에 돌아가셨다.

'2년 1개월 후에 돌아가시는 거다.'

2년 1개월 후 유방암 말기.

그렇다는 건 지금 이미 병증이 시작되었을 수도 있다.

여기까지 생각이 든 창현의 눈이 점점 커진다.

'어쩌면 장모님 죽음을 막을 수 있을지도 몰라!'

지금 병원에 가게 한다면 어쩌면 살릴 수 있을지도 모른다. 모든 암은 초기에 발견하면 수술로 살릴 수 있다. 아무리 1989년의 열악한 의료 환경이라도 가능하다.

창현이 급히 담배를 버리고 발로 비벼 끈 후 다시 창고로 향했다.

문 앞에서 고개를 내밀고 장모님을 찾았다. 그러다 오른쪽 맨 뒷자리에 앉아 진지한 눈으로 재봉틀을 돌리고 있는 청순하고 아름다운 여성을 보았다.

장모님 생각에 머릿속에서 잠시 지워졌던 자신의 아내다.

'지수야.'

임지수. 자신보다 세 살이 어리니 이제 막 스물이 된 꽃 같이 아름다운 아내였다.

한참을 아내 얼굴에 시선을 떼지 못하고 있다 보니 문에서 가까운 자리에 앉아 재봉틀을 돌리던 아주머니가 이상한 눈으로 본다.

자신에게 무슨 일로 왔냐 물으려는 듯 장갑을 벗는 아주머니를 본 창현이 얼른 몸을 돌려 창고 밖으로 몸을 뺀다.

'만나서 뭐라고 하지?'

일면식도 없는 사람이 찾아와 당신 어머니 데리고 병원에 가라면 웬 미친놈인 줄 알겠지.

어떻게 해야 되지? 어떻게 해야 장모님을 살릴 수 있는 거야?

다시 아내가 되라 뻔뻔하게 말은 못 해도 이렇게라도 해야 전생의 빚을 조금이나마 갚을 수 있을 것 같은데.

어떻게 접근하고, 어떻게 말을 해야 자연스러울까?

공장 입구가 보이는 조금 떨어진 곳의 보도블록에 앉아 담배 한 갑을 다 태웠다.

누가 버린 깡통이 넘치도록 담배꽁초 꽃다발을 만들어

놓고 시간을 보니 이제 곧 밤 10시가 되는 시각.

아내와 장모님이 곧 나오실 거다. 아직 자연스레 접근할 방법을 생각해 내지 못한 창현은 담배꽁초 꽃을 만든 캔을 쓰레기통에 버린 후 건물 뒤로 숨었다.

10시부터 야간 작업에 투입될 인원들은 출근을 하고, 아침부터 일했던 사람들은 퇴근을 한다. 작은 공장이라 많은 이가 들락거리는 건 아니다.

건물 뒤에 숨어 그 모습을 지켜보고 있던 창현은 아내와 장모님이 함께 팔짱을 끼고 나오는 걸 보고 몸을 숨겼다.

아내가 웃고 있다.

하루 내내 허리 한번 못 펴고 재봉틀만 돌리는 일이 힘들 법도 한데, 엄마 팔짱을 끼고 퇴근하는 아내는 꽃같이 환하게 웃는다.

장모님과 함께 창현이 숨은 건물 옆을 지나가는 아내의 발랄한 목소리가 들린다.

"엄마, 너무 배고프지 않아?"

"응, 배고프네."

"집에 가서 뭐 해줄 거야?"

"이 녀석이, 스물이 넘었으면 이제 엄마 밥도 해주고 그래야지."

"헤헤, 그래도 난 엄마 밥이 제일 좋은데?"

"어이구, 시집가 봐라. 엄마는 보이지도 않을 거다."

"아닌데? 난 시집가도 맨날 엄마 보러 올 건데?"

"웃기네, 어디 그렇게 할 수 있는지 가봐라. 지금은 백날 말해줘야 소귀에 경 읽기다. 시집가 보면 엄마가 그때 그래서 그렇게 말했구나~ 하는 날이 올 거야."

"아냐, 난 진짜 엄마 가까이 살 거야. 그래서 맨날 엄마 보러 올래."

"결혼하면 그렇게 안 된다니까 그러네."

"엄마가 어떻게 알아?"

"엄마도 그랬으니까, 호호."

"뭐? 하하!"

모녀의 대화인지 친구의 대화인지 모를 만큼 화기애애한 말들. 엄마와 딸은 가장 친한 친구라고 하더니 정말 그런가 보다.

창현은 약 10미터쯤 떨어져 두 사람을 따라 걸었다.

장모님 댁은 여기서 2㎞쯤 떨어진 곳에 있다. 결혼 후에 돌아가실 때까지 사시던 집이라 기억에 있다.

차를 타기엔 가깝고 걷기엔 먼 애매한 거리를 항상 둘이 손잡고 걷곤 했다고 들었다. 아내에게 들었던 말처럼 두 사람은 오손도손 이야기를 나누며 집으로 걷는다.

꽤 오랜 시간 걸으며 아내의 행복한 웃음소리와 얼굴을 바라보고 있자니 마음이 몽글몽글해진다. 자신에게 왔을 때도 저렇게 웃게 해줄 수 있었다면 얼마나 좋았을까?

'미안해, 지수야.'

두 사람이 집으로 들어가는 모습을 지켜보았다. 불 꺼진 집에 불이 켜지고, 온기가 도는 모습들. 저곳에 자신도 함께 있고 싶다는 생각이 들었다.

하지만 마음속 깊은 곳에 숨겨둔 미안함이 조금 전에 느꼈던 감정을 부끄럽게 만든다.

'내가 무슨 면목으로.'

장모님 댁 담벼락에 등을 기대고 새 담배 하나를 까 입에 물었다. 담배 한 대만 태우고 이제 집으로 돌아가야지. 한밤중에 여자들만 사는 집 문을 두들길 수는 없는 노릇이니.

뽀얀 담배 연기가 시야를 가린다.

연기가 시야를 가리는 건지 눈물이 가리는 건지 알 수 없다.

그때, 갑자기 대문 열리는 소리가 난다.

화들짝 놀라 고개를 돌려보니 지수가 눈을 동그랗게 뜨고 있다.

"누구세요?"

그녀의 손에 음식물 쓰레기통이 들려 있다. 집에 갔다가 음식물 쓰레기를 버리러 나온 모양이다.

"그, 그게."

갑자기 말이 안 나온다. 지수 얼굴을 보는 순간 갑자기 눈물이 왈칵 쏟아져 나와서.

한겨울 빨갛게 익은 딸기 같은 그 아이가
나를 바라본다.
동그란 두 눈에서 금방이라도 별똥별이
떨어질 것 같은 그 아이가.
한 아름 꽃다발 같은 새빨간 입술을
오물오물 움직여 겉도는 꽃잎들이
나에게 건네는 꽃송이가 되어
귓가에 흩어진다.
너만큼 사랑하는 사람은 없었다.
너만큼 날 외롭게 하는 이도 없었다.
네 생각을 하는 날이면 나는 꼭 울게 되었다.
그녀는 나를 알지 못한다.
우리 사이엔 아무 일도 없다고 생각하겠지.
그러나 아주 먼 미래 손을 잡고 함께 걷던
그 수많은 거리의 추억이 나에게는 있다.
문득 묻고 싶었다.
나를 모르겠냐고.
내가 기억나지 않느냐고.
보고 있어도
더 보고 싶은 네가
나는 지금 이 순간에도 그립다.
잘 있었냐고.

건강하냐고.
뭔가, 어떤 말이라도 더 정다운 말로
상처 주었던 널 보듬고 싶지만
자꾸 불어나는 후회에
나의 말은 자꾸만 이성에 먹힌다.

지수는 남의 집 대문 앞에서 담배를 태우던 낯선 남자가 자신을 마주치자 갑자기 눈시울이 붉어지는 걸 보곤 눈을 동그랗게 뜬다.

"저기, 어디 아파요? 도와줄까요?"

아내는 이런 사람이었다. 아프고, 힘들어하는 사람을 그냥 지나치지 못하던 사람.

가끔은 낯선 이에게 함부로 말을 걸면 위험하다 잔소리도 해봤지만 아내의 이런 착한 성정을 참 좋아했었다.

창현이 소매로 눈을 쓱쓱 닦은 후 웃었다.

"아무것도 아닙니다."

"……."

지수가 걱정스러운 눈으로 창현의 얼굴을 빤히 바라본다. 그러곤 가지고 나온 음식물 쓰레기를 밖에다 둔 쓰레기통에 뒤집어엎는다.

"무슨 일인지 모르겠지만 다 잘될 거예요."

"……."

"힘내요."

지수가 싱긋 웃으며 다시 들어가려 한다. 창현은 자기도 모르게 그녀를 불렀다.

"저기요."

"네?"

"……어, 그게."

할 말이 많지만 마음속에 든 어느 단어 하나 입 밖으로 꺼내기가 힘들다.

그때 안에서 장모님 목소리가 들린다.

"누구 왔니?"

다시 창현의 몸이 굳었다. 대문 안에서 고개를 내민 장모님이 자신을 보더니 눈을 동그랗게 뜨신다.

"어? 총각은 아까 그."

지수가 장모님을 보며 묻는다.

"엄마, 아는 사람이야?"

"어, 아까 우리 공장 근처에 있던 사람인데."

지수는 다시 창현을 본 뒤 아까와 달리 약간 경계심 어린 얼굴이 된다. 그도 그럴 것이 낯선 이가 공장에서부터 집까지 따라왔다는 말이 되기 때문이다.

창현이 필사적으로 손사래를 친다.

"저 이상한 사람 아닙니다. 저, 저는 장충 스튜디오에서 일을 하고 있고요, 음악을 하는 사람입니다."

횡설수설. 물어본 적도 없는 사실들로 스스로를 포장해 보지만 상대의 눈초리엔 더 깊은 의심만이 남는다.

지수는 약간 물러나 장모님 뒤에 숨고, 장모님이 대신 앞으로 나와 물었다.

"우리에게 무슨 볼일이 있었던 거예요?"

"……."

창현이 입술을 꾹 다물었다.

미친놈 취급 당하는 게 무서워서 장모님을 이대로 둘 순 없다. 결심을 한 창현이 장모님을 바라보며 말했다.

"어머님."

장모님이 당황하신다.

"어머님이요?"

"아, 죄송합니다. 뭐라 불러야 할지."

"그냥 아줌마 하면 되지."

"……."

2024년엔 아줌마란 말이 예의에 어긋나는 말이다. 언제부터 그게 예의에 어긋나는 말이 되었는지 모르겠지만 듣는 이가 기분 나빠할 말을 구태여 할 필요는 없으니까.

"예, 실은 공장에서부터 여기까지 따라온 것이 맞습니다."

장모님이 지수를 뒤로 물리며 약간 인상을 쓴다.

"왜요?"

"어머니 생각이 나서요."

"……?"

"제 어머니 말입니다."

장모님이 자기 얼굴을 만져보다 물었다.

"나랑 닮았나요?"

"……."

모른다. 자신의 기억 속에 어머니는 안 계시니까. 워낙 어릴 때 돌아가셔서 사진만 몇 번 보았는데 그마저도 흑백 사진이었다.

"얼굴이 닮지는 않았습니다."

"그럼 왜 그쪽 어머니 생각이 났어요?"

여기서부터 거짓말을 할 차례이다. 창현이 정중히 허리를 숙이며 말했다.

"오해가 없으셨으면 좋겠습니다. 실은 제 어머니가 유방암으로 돌아가셨습니다."

"저런. 미리 병원에 가 보셨으면 좋았을 텐데."

창현이 씁쓸하게 웃는 척하며 말했다.

"저도 돌아가신 후에 알았습니다. 유방암이란 것이 증상이 없더군요."

"그래요? 나도 몰랐네."

"가슴 한쪽에 멍울이 만져지는데, 만져도 통증이 없었답니다. 단단하고 모양이 불규칙적이며 움직이지 않았고요."

"오, 그렇구나."

"가끔 피가 섞인 분비물이 나오거나 습진이 생기기도 했습니다."

"음."

"미리 알았다면 참 좋았을 텐데."

"그러게. 그런데 잘 모르면 아픈지 모를 수도 있었겠지. 너무 자책하지 말아요."

창현이 슬프게 웃으며 머리를 긁었다.

"그러게요. 시간을 되돌릴 수 있다면 아프시기 전에 미리 엄마 증상을 꼼꼼하게 살피고 싶네요."

창현이 장모님 뒤에 숨어 있는 지수와 힐끔 눈을 마주쳤다.

"그렇죠?"

지수가 깜짝 놀라며 되묻는다.

"네?"

"방금 제가 했던 말. 꼭 기억해요, 나처럼 후회하시 말고."

"……."

창현이 장모님께 깊이 허리를 숙였다.

"밤중에 실례가 많았습니다. 그럼 이만."

지수가 꼭 이 말을 기억해 줬으면 좋겠다. 자신이 할 수 있는 건 여기까지.

몸을 돌려 천천히 걸었다. 뒤에서 자신을 보는 따가운 시선이 느껴졌지만 돌아보지 않았다. 부디 이 이야기의 끝에 전생과 같은 결과가 남지 않기만을 빌어본다.

지수는 엄마 뒤에 숨어 창현이 가는 모습을 보다 물었다.

"이상한 사람이네. 그치 엄마?"

"음, 그런데 참 잘생겼다, 안 그러니?"

"응, 뭐. 내 스타일이긴 하네."

"호호, 우리 지수 반했어?"

"아니거든? 오늘 처음 본 사람을 무슨. 근데 엄마."

"응?"

"저 사람, 방금 엄마 보고 자기 엄마 떠올렸다고 하지 않았어?"

"그랬지."

"외모는 안 닮았다고 했는데. 끝까지 왜 엄마 보고 제 엄마 떠올렸는지 설명을 안 해주고 가네?"

"아, 그러네."

"치, 알 수 없는 말만 하고."

지수가 엄마 뒤에서 손만 내밀어 가슴을 만지기 시작하자, 장모님이 경기를 일으킨다.

"어머나! 지금 뭐 하는 거야?"

"가만있어 봐. 저 사람이 했던 말 들었지? 확인 좀 하자."

"엄마는 그런 거 없어!"

"가만히 있어봐, 나도 저 사람처럼 후회하기 싫단 말이야."

"간지럽다니까, 호호!"

"나 오늘부터 맨날 엄마 가슴 만지면서 잘 거니까, 각오해!"

골목길을 돌아 건물 뒤에 몸을 숨기고 등을 기댄 창현이 또르르 흘러내리는 눈물을 닦으며 두 사람의 대화를 듣고 있다.

'역시 똑똑한 내 아내. 바로 알아들었구나.'

이제 됐다. 정말 지수 말처럼 매일 엄마 가슴을 확인한다면 병증을 일찍 알아차릴 수도 있을 거다. 창현은 꼭 쥔 주먹으로 등 뒤의 건물 벽을 툭툭 쳤다.

지수의 얼굴을 보는 순간, 이번 생은 정말 행복하게 해주고 싶다는 생각이 들었다. 전생과 달리 이번엔 정말 좋은 남편이 될 수 있다고 생각했다.

다시 그녀와 사랑을 시작한다면 자연스레 장모님을 병원에 모시고 갈 수도 있다. 하지만 그럴 수 없었다. 또다시 내 아내가 되어달라 말하기에 염치가 없었기 때문이다.

다시 담배를 문 창현이 연기를 뿜으며 밤하늘을 보았다.

"그래, 이 정도가 좋아."

다시 두 달이 지났다.

창현의 일과는 변함이 없다.

스튜디오 일을 보고, 기타 세션 의뢰를 수행하고, 투자를 했던 가수의 앨범 판매 현황을 확인하며 보내는 일상.

하지만 두 달 전에 장모님과 지수를 보고 온 다음 날부터 아내 얼굴이 머리를 떠나지 않는다.

황금빛에 대해 연구를 하려 할 때면 오선지 위에 아내 얼굴이 보여 집중이 되질 않는다.

오늘도 역시 머리를 쥐어뜯으며 집중하려 노력했으나 실패한 창현이 더는 참지 못하고 벌떡 일어났다.

"한 번만, 딱 한 번만 더 보고 오자!"

그리움의 갈증 때문에 몸이 타들어갈 듯하다.

딱 한 번. 그녀를 딱 한 번만 더 보고 싶다.

바람처럼 달려간 아내의 공장 앞.

공장 안에 있는 아내의 얼굴을 보고 반가운 웃음을 지으려 하던 창현은 그대로 굳어버렸다.

공장장으로 보이는 아저씨 앞에 무릎을 꿇은 아내가 슬피 울고 있다.

지금 내 아내가 울고 있다.

지금 내 아내가 또 울고 있다.

몸을 숨기고 귀를 열었지만 공장 소음 때문에 대화 소리가 들리지 않는다.

지수는 뭔가 울며 부탁하고 있고, 안타까운 얼굴의 공장장은 미안한 얼굴로 뭔가 거절하는 듯한 뉘앙스로 물러난다.

주변 공장 사람들도 대부분 안타까운 얼굴들을 하고 지수를 달래는 중이다.

지수는 다시 한번 공장장의 바짓가랑이를 붙잡고 뭔가 애원하지만 공장장은 허리를 숙여 지수를 밀어내며 한숨을 쉬곤 고개를 젓는다.

지수는 서럽게 울었다. 바닥에 주저앉아 깍지 낀 손으로 기도하듯 몸을 숙여 운다.

마음이 찢어질 것 같다.

그때, 쉬러 나오는 아주머니 두 분이 창현 옆을 스쳐 가며 하는 말이 들린다.

"지수 엄마가 유방암에 걸리다니, 세상에."

머릿속에서 뇌를 지탱하고 있던 얇은 선이 끊어지는 느낌이 든다. 창현이 얼른 아주머니를 붙잡았다.

"저기, 방금 뭐라고 하셨습니까?"

두 아주머니는 갑자기 달려드는 젊은 남자에 놀라 물러난다.

"네?"

"아, 죄송합니다. 아는 분이라서."

아주머니 중 한 분이 공장 안을 힐끔 보며 물었다.

"지수 모녀를 아시는 분이라고요?"

"네, 안면이 있습니다. 그보다, 유방암 진단을 받았다는 게 사실입니까?"

아주머니가 한숨을 쉬며 고개를 끄덕인다.

“아는 사람이라니까 말해주는 건데. 지수 엄마가 유방암 진단을 받아서 수술을 해야 된다고 하네요.”

“…….”

옆에 있던 아주머니가 말을 하는 아주머니 옆구리를 쿡 찌른다.

“아는 사람인지 확인도 안 했는데 그런 말을 왜 해?”

“아, 그러네. 미안해요, 총각. 물어보고 싶으면 지수에게 직접 물어요.”

두 아주머니가 주춤주춤 물러나 쉼터로 향한다.

멍하게 두 사람을 보던 창현이 손바닥에 식은땀이 나는 걸을 느끼고 주먹을 쥐었다 폈다 반복한다.

“이 무렵에 벌써 병증이 있었다고?”

이 쓰레기 같은 사위 새끼. 연애할 때부터 병증이 있으셨던 장모님을 그토록 오래 방치했었다고? 건강 검진 한번 같이 가보자 말씀드린 적도 없었다고? 이 멍청한 새끼!

자기 머리를 마구 내려치며 자책하는 창현이 바닥에 쪼그리고 앉았다. 그러다 문득 이 시기에 발견했다면 어쩌면 장모님이 살 수 있지 않을까 하는 생각이 든다.

번쩍 머리를 들고 공장 안을 보려 고개를 내민 창현이 울먹이며 공장을 나서던 지수와 맞닥뜨렸다.

지수는 통통 부은 눈을 동그랗게 뜨고 창현을 바라보다

갑자기 달려와 팔을 덥석 붙잡는다.

"아저씨!"

"……."

아저씨는 좀 심한 거 아닌가? 세 살 터울인데. 아, 이게 중요한 게 아니지.

"아주머니들 하는 이야기 들었어요. 정말 유방암 진단을 받은 겁니까?"

지수가 다시 울먹인다.

"고마워요, 아저씨."

"인사는 됐고, 자세히 말해볼래요?"

지수가 훌쩍이며 말했다.

"엄마 왼쪽 가슴에 멍울 같은 게 만져졌어요. 엄마는 아무것도 아니라고, 그냥 물 혹이라고 했는데 문득 아저씨 말이 생각이 나서 두려웠어요. 쉬는 날 엄마랑 동네 병원을 갔는데 의사 선생님이 차트를 주더니 큰 병원에 가라고 하는 거예요."

"음. 그래서요?"

"그래서 대학 병원에 가서 검사를 받았는데 유방암 진단을 받았어요, 흑흑."

창현은 최대한 진정하며 차분하게 말했다.

"몇 기라고 합니까?"

"초기라서 수술만 받으면 나을 수 있다고 했는데, 그랬는데…….”

창현이 눈을 감았다. 이다음은 안 들어도 안다.

장모님은 장인의 가정 폭력에 못 이겨 대구에서 딸만 데리고 야반도주를 하신 분이다.

남편이 쫓아올까 두려워 옷가지 몇 개만 챙겨 곧바로 서울로 올라와 처음엔 여관 방에서 생활하며 이 일, 저 일을 하셨다고 들었다.

공장에서 일을 하게 되시며 생활이 안정되자 그때 현재 사는 월셋집으로 이사를 하셨다고.

장모님은 못난 사위를 만나 돌아가시는 날까지 월셋집에 사셨다.

한 달 벌어 한 달 먹고사는 집안에 유방암 수술비와 치료비를 낼 여유가 있을 리가. 그런 집이 보험을 들었을 리도 없고.

2020년대 대한민국 건강보험은 암 진단만 받으면 전체 의료비의 5% 가량만 본인이 부담한다.

하지만 이 시절에 아니었다. 집에 암 환자가 나오면 집안 기둥뿌리가 뽑히던 시절이다.

방금 아내가 공장장에게 울며 빌었던 건 아마 엄마 수술비 가불을 부탁한 것이리라.

당연히 암 환자가 회복 후 일에 복귀해 돈을 갚을 리가 없다 판단한 공장장이 거절한 것이고.

창현이 주먹을 꽉 쥐고 말했다.

"병원 어디에요?"

"훌쩍, 동대문 병원이요."

"갑시다."

"네?"

"병원으로 가자고요."

창현이 지수의 손을 잡고 택시를 잡는다. 너무 울어서 그런지 몸에 힘이 남아 있지 않은 지수가 휘청거리며 창현을 따라 택시에 몸을 실었다.

병원에 도착한 지수와 장모님이 계신 입원실로 가자, 8인실의 구석 자리에서 잠이 들어 있는 장모님 얼굴이 보인다.

아직 병증이 깊지 않아 얼굴빛이 나쁘진 않다. 하지만 아픈 엄마를 보는 딸의 마음은 타인이 헤아릴 수 없는 감정이다.

잠든 엄마 얼굴을 보며 손으로 입을 꽉 막고 숨죽여 우는 지수의 얼굴을 본 창현이 그녀의 손을 꽉 잡았다.

"걱정 말아요."

"……."

창현이 메모지에 장충 스튜디오 전화번호와 자신의 이름을 적어 내밀었다.

"아침 9시부터 저녁 6시까진 전화받을 수 있으니까 무슨 일 있으면 여기로 전화해요."

"……."

지수는 울먹이느라 말도 못 하고 덜덜 떨리는 손으로 메모지만 전달받는다. 창현이 그런 지수의 손을 꼭 잡고 말했다.

"전에 못 했던 거. 지금 갚을게요. 그러니까 울지 말아요."

"……?"

창현이 지수의 손을 놓고 잠든 장모님께 꾸벅 허리를 숙인 후 가타부타 말없이 입원실을 나선다.

홀로 원무과에 내려온 창현이 직원에게 말했다.

"1105호 강영숙 환자 때문에 왔습니다."

"아, 네 뭘 도와드릴까요?"

"수술 날짜 잡혔습니까?"

"네, 잠시만요."

서류를 확인한 직원이 말했다.

"입원비와 수술비가 선불 결제가 되어야 수술 날짜를 잡을 수 있어서 아직 일정이 없습니다만."

"바로 내겠습니다. 정산해 주세요."

"지금 바로 말씀이세요?"

"네, 은행 어디 있습니까?"

"은행은 1층 로비 밖으로 나가 오른쪽으로 50미터쯤 가면 있어요."

"네, 일단 정산부터 해주세요. 돈 찾아오겠습니다."

"네, 잠시만요."

직원이 한참 계산기를 두들기다 말했다.

"진단, 입원, 약품, 진료, 수술 비용으로 300만 원이 듭니다."

300만 원. 지금까지 모아둔 돈의 80% 정도의 돈이다. 하지만 괜찮다. 미국을 좀 늦게 가더라도 꿈만큼이나 소중한 무언가를 지킬 수 있는 기회였으니까.

"수술 후에도 일정 기간 입원해야 되는데. 전액 선불로 내겠습니다."

"아, 수술 후에 어떤 치료를 받게 될지 몰라 계산이 다를 수도 있는데."

"대략적으로 계산해 주세요. 더 낼 것이 있으면 퇴원 수속 받을 때 내겠습니다."

"알겠습니다, 잠시만요. 아, 그럼 총액으로 약 350만 원 정도 나오겠네요."

"알겠습니다, 바로 돈 찾아오겠습니다."

은행까지 한달음에 달려갔다.

손이 덜덜 떨릴 만큼 큰 액수였지만 오히려 기분은 날아갈 것 같다.

유방암 초기. 수술을 받으면 회복 가능하다.

물론 지속적인 검사를 받아 재발을 방지해야 하겠지만

일단 장모님을 살렸다.

그리고 그것은 지수의 웃음이 되어 돌아올 것이다.

돈을 찾아 원무과에 가져다주고 입원실로 돌아온 창현은 장모님 곁에 얼굴을 묻고 잠이 들어 있는 지수를 보았다.

눈물범벅의 얼굴이 퉁퉁 부어 있지만 여전히 지수는 예뻤다. 담요 하나를 가져와 지수의 어깨를 덮어준 창현이 빙긋 웃으며 조용히 말했다.

"이제 행복하게 살아, 지수야."

그거 아니?

네 입장에선 지금 일어나는 일련의 일들이

갑자기 나타난 키다리 아저씨의 선행같이 느껴지겠지만

사실 나는 네게 무척 깊고 큰 빚이 있어.

나는 지금 그 빚의 일부를 청산 중이란다.

그러니까 고마워하지 않아도 돼.

네가 나 때문에 한 고생은 말할 수 없을 만큼 지독했으니까.

그러니까 고마움 대신

한 번이라도 더 웃어줘.

난 그거면 충분해.

2주 후, 수요일 오후 네 시.

오늘은 서울 음반의 요청으로 기타 세션에 참여하고 있다.

가수의 녹음은 자체적으로 하고 기타 세션만 따로 녹음해 달라는 요청이 처음은 아니었지만 오늘만큼은 좀 더 신선하고 놀랍다.

왜냐하면 자신에게 기타 코러스를 연주해 달라 요청 온 곡이 다름 아닌 나미의 '인디언 인형처럼'이었기 때문이다.

'세상에 내가 이 명곡의 기타 연주를 하는 날이 오다니.'

이 곡은 아주 먼 훗날까지 후배 뮤지션들에게 사랑을 받아 끝없이 리메이크되는 명곡이다. 그래서 그런지 녹음을 하다 두 번이나 실수를 해버렸다.

결국 다섯 번 정도의 녹음으로 기타 코러스를 완성시킨 창현이 막 기타 케이블을 뽑으려는 순간, 밖에 있던 정 사장의 목소리가 들려온다.

"창현아."

"예, 사장님!"

"전화 왔다."

오, 또 세션 요청인가? 완전 반갑지.

변진섭의 앨범 판매량이 천천히 올라오고 있다. 몇 달 지나면 1위가 될 것이고, 그 자리를 아주 오랫동안 수성할 거다.

돈은 문제없다. 장모님 병원비로 많은 돈을 써 지금은 남은 돈이 적지만, 변진섭의 투자 비용이 회수되면 다 해결되니까.

카운터에 있던 사장님이 짓궂은 얼굴로 수화기를 넘겨준다.

"새끼."

"예?"

"바쁜 와중에 언제 또 연애까지 했냐?"

"……?"

"여자다."

"……."

의뢰하는 사업자가 여자일 수도 있지만 눈치 빠른 정 사장이 그걸 놓칠 리가 없다.

수화기를 건네받은 창현이 달력을 보았다.

장모님 병원에 다녀온 지 2주가 지났다는 건 이미 알고 있었다. 근시일 내로 병원에 한번 가볼 생각이었던 창현은 전화를 건 사람이 지수라는 걸 대번에 눈치챘다.

헛기침을 몇 번 한 창현이 전화를 받았다.

"예, 백창현입니다."

-여보세요, 저기. 저 기억하세요? 그때 공장에서.

"네, 압니다 임지수 씨."

-어…… 제가 제 이름 말씀드렸던가요?

"그날 저랑 택시에서 통성명했습니다만."

-아, 죄송해요. 제가 정신이 없어서.

거짓말이다. 통성명 안 했다. 지수는 택시로 동대문 병원에 가는 내내 구슬프게 울기만 했었다.

장모님 수술 결과는 이미 안다. 자꾸 얼굴 보이는 것이 미안해 직접 가지는 않았지만 전화로 병원 측에 확인을 했었다.

타인이라 처음엔 알려줄 수 없다고 하더니 병원비를 낸 본인임을 입증하자, 결과 정도는 알려주었다.

또 지금 전화를 걸어온 지수의 목소리만 봐도 결과를 추측할 수 있다.

"수술 잘됐죠?"

-아, 네! 잘됐어요! 너무 감사합니다, 아저씨.

"고마우면 그 아저씨 소리 좀 안 할 수 없을까요?"

-그, 그럼.

"저 스물셋인데."

-저, 정말이요? 스물셋밖에 안 되셨는데 그 어마어마한 병원비를 내주셨다고요?

"병원비 이야기는 됐고. 이제 아저씨라고 안 부르는 겁니다?"

-그럼 뭐라고.

"오빠라는 좋은 말이 있죠."

-…….

"싫으면 마시고. 강요는 아니니까."

-아니요, 그렇게 부르도록 할게요, 오빠.

"훨씬 좋네요. 그래, 무슨 일이에요?"

-아, 저기 엄마가 내일 퇴원하는데 오……빠를 집으로 초대하고 싶다고 하셔서.

"무슨 일 있나요?"

-그냥 너무 감사해서 밥 한 끼 대접하고 싶다고 하셔서요.

밥. 장모님이 차려주신 밥.

더 이상 두 사람 앞에 모습을 드러내 가까워지지 않으려 했다.

하지만 장모님 밥은 도저히 못 참겠다. 만약 자신에게 미슐랭 쓰리 스타 식당과 장모님 음식 중에 고르라 한다면 미련 없이 후자를 고를 만큼 맛있었던 기억이니까.

우걱우걱.

챱챱, 냠냠.

장모님 댁에 와 며칠 굶은 사람처럼 게걸스럽게 음식을 삭제시키고 있는 창현을 멍하게 바라보던 지수가 물을 따라주며 말했다.

"배가 많이 고팠던 모양이에요, 오빠."

창현이 지수가 따라준 물을 벌컥벌컥 마시며 엄지를 든다.

"아뇨, 점심 먹고 왔는데 진짜 맛있네요. 도다리 넣어 끓인 미역국은 서울에선 찾아보기 힘들거든요. 계란찜 간도 딱 좋고, 제육볶음도 환장할 정도로 맛있습니다!"

좁은 집이라 식탁 바로 옆에 있는 주방에서 생선을 굽던 장모님이 활짝 웃는다.

"어머, 먹는 모습이 어찌 저리 복스러울까? 남자는 자고로 저렇게 팍팍 먹어야 하는 법이야. 그래야 음식 해준 사람 기분도 좋고. 자, 고등어구이도 좀 들어요."

"잘 먹겠습니다!"

맛있다. 너무나 그립던 맛이다.

전생에도 장모님은 자신에게 같은 말을 하셨었다.

하지만 사실 맛이 잘 느껴지지 않는다. 지금 이 순간 다시 한번 장모님이 차려주신 밥을 먹을 수 있다는 사실에 목이 메어 금방 눈물이 날 것 같은 걸 간신히 참고 있기 때문이다.

창현은 지금 맛있게 먹는 연기를 하는 중이다.

어릴 때부터 어머니 없이 자라 아버지가 해준 맛없는 밥을 먹고 자란 창현은 처음으로 어머니 손맛을 느낀 날 지금처럼 게걸스럽게 음식을 먹었었다.

그리고 그때도 장모님은 자신에게 저리 말씀하셨었다.

창현은 어머니란 존재에 대한 결핍이 있다.

매년 명절을 쇠러 고향에 다녀온 친구들에게 뭘 하고 왔냐 물으면 엄마 밥 실컷 먹고 왔다고 말하곤 했다.

엄마 밥과 그냥 밥의 차이가 무얼까? 다른 이들은 다 아는데 혼자만 모르고 사는 기분이 들었다.

그리고 장모님이 생긴 후, 창현은 소싯적 친구들이 하는 말이 무엇이었는지 깨달을 수 있었다.

문화적, 사회적, 심리적, 화학적 요인이 만드는 위대한 차이.

엄마 밥에는 신체의 허기뿐만 아니라 영혼의 허기까지 달래주는 무언가가 있었다.

장모님이 고등어구이 쟁반을 내려놓으며 옆에 앉으신다. 바닥에 양반다리를 하고 앉은 창현이 밥 한 숟갈을 뜰 때마다 찢은 고등어의 통통한 살을 올려주신다.

"손으로 찢어서 싫은가?"

"……."

아니요. 장모님은 원래 이러셨어요. 익숙해서, 너무나 익숙해서 눈물이 납니다.

입을 열면 울음이 터질 것 같아서. 창현은 입안 가득 고등어구이와 밥을 욱여 넣고 억지로 웃었다.

말을 하면 울먹일 것 같아서 더욱더 많은 음식을 입으로 꾸역꾸역 가져갔다. 입에 음식물이 많아 말을 못 하는 것처럼.

장모님은 그런 창현을 흐뭇하게 보시다 제 딸을 힐끔 보며 말했다.

“이런 사위가 있으면 얼마나 든든할까?”

지수가 제 엄마를 째려본다.

“엄마는 왜 그런 말을!”

“아니, 그렇지 않아? 너무 잘생기고, 키도 크고. 밥도 이렇게 잘 먹고, 건장해 보이는데. 이런 사윗감이 또 어디 있다고.”

“엄마!”

“호호, 알았다, 알았어.”

창현은 장모님의 말씀을 듣고 더욱 몸을 옥죄여 오는 감정의 파도를 버티느라 몸이 떨려온다.

나는 원래 당신의 사위였습니다. 못나고 또 못난 사위였습니다. 말하고 싶다. 사죄드리고 싶다. 당신의 소중한 딸을 고생만 시키고 끝까지 지키지 못하였다고.

하지만 창현은 끝내 말을 삼키고 고개를 숙인다. 몸을 조금씩 떠는 창현을 바라보던 장모님이 눈시울이 붉어져 말했다.

“총각이 엄마 생각을 하나 보네. 쯧쯧. 생판 모르는 나 같은 아줌마는 살려주고, 제 엄마는 못 지켰으니 얼마나 후회가 될꼬.”

마침내 창현의 눈물샘이 터졌다. 하지만 다행이다. 장모님과 지수는 자신이 돌아가신 엄마 생각을 하며 우는 줄 아는 모양이니까.

잔뜩 익은 홍시 같았던 눈물샘을 터뜨리고 나니 감정이란 놈이 잠잠해진다.

지수가 주는 휴지로 눈물을 닦은 창현이 아직 물고 있던 음식물을 씹으며 미소 지었다.

"오랜만에 어머니 밥을 먹어서 그런가 봅니다."

"쯧쯧, 그래. 많이 먹어요. 지수에게 다 들었어요. 병원비 내줬다고. 내가 어떻게 해서든 돈은 갚을 테니까 시간 조금만 줘요, 알았죠?"

"아닙니다, 안 갚아도 됩니다."

"에이! 사람이 그러면 쓰나!"

"정말 안 갚아도 됩니다. 그리고 저 곧 미국에 갑니다. 그러니 괜찮아요."

미국이란 이야기가 나오자 두 사람의 눈이 동그래진다.

"미국? TV에서만 보던 그 미국에 간다고?"

"네."

"왜? 거기 가서 일하게?"

"네, 거기서 음악으로 성공하고 싶습니다."

"어머나, 대단한 총각이었네!"

"그러니까, 미국에서 한국 돈 받아봐야 소용없잖아요."

"음, 그런가?"

하하, 우리 장모님. 순진도 하시지. 한국 돈을 환전하면 되는 건데 진짜 모르시는 눈치다.

장모님은 국민학교까지 나오시고 집안 사정으로 더는 학교를 다니지 못하셨다고 들었다. 고등학교까지 기본 교육인 시절이 아니라 이때의 어른들 중엔 교육을 받지 못한 분이 많으셨다.

“아이고, 그럼 이 마음의 빚을 어찌 갚아?”

괜찮아요. 빚을 갚은 건 제 쪽이니까요.

“저희 엄마 몫까지 잘 살아주시면 그걸로 됐습니다.”

“…….”

장모님은 안타까운 얼굴로 창현을 바라보다 쓱 잡채를 앞으로 끌어 오신다.

“그 이야기는 나중에 다시 하고 일단 밥부터 먹어.”

“네, 어머님.”

어느새 어머님이란 호칭으로 부르고 있지만 이젠 별로 놀라지 않으신다. 친구네 엄마도 엄마라고 부르던 시절이다 보니 지수도 이젠 별로 놀라지 않는 눈치이고.

밥을 다 먹고 차까지 얻어 마신 후 장모님의 배웅을 받으며 집을 나선 창현은 굳이 버스 정류장까지 나오겠다는 지수와 함께 걸었다.

참 오랜만이다.

아내와 이렇게 함께 걸어보는 것이.

"오빠."

"네."

"그냥 편하게 말씀하세요."

"그래도 돼?"

"네."

"응, 왜?"

"돈 말인데."

"돈 이야기 하지 말라니까. 안 줘도 돼."

"어떻게 그래요."

"진짜 괜찮다니까."

음, 근데 아내 성격으로 볼 때 이거 그냥 넘어갈 순 없을 것 같다. 아내는 빚 지고는 못 사는 성격이다. 당장 밥을 굶어도 빌린 돈은 꼬박꼬박 갚는 사람이기 때문이다.

"엄마랑 나랑 같이 일하면 한 달에 50만 원 정도 벌어요. 월세 10만 원이랑 최소 생활비 10만 원만 빼고 30만 원씩 꼬박꼬박 갚을게요. 1년이면 다 갚아요. 좀…… 오래 걸리겠지만 기다려 주시면 좋겠어요."

"나 미국 간다니까?"

"영영 안 돌아와요?"

"글쎄, 그건 가봐야 알겠지."

성공할 자신은 있다. 자신은 미래의 트렌드를 알고 있다. 어느 시대에 어떤 음악이 유행하는지 누구보다 잘 안다.

게다가 아직 정체를 완전히 파악하지 못한 황금빛이란 무기까지 있으니 자신 있다.

지수가 입을 삐죽 내밀며 말했다.

"그럼 미국 가면 전화번호나 주소 알려줘요."

지수가 일기장 같은 걸 꺼내 한 장을 찢어 제 집 전화번호를 써준다.

"자, 여기."

"응."

오랜만에 보는 아내 글씨. 또박또박 한 글자씩 정성스레 눌러 쓴 글씨다. 공부를 계속할 수 있었다면 더 높이 날아오를 수 있는 사람이었을 텐데.

"꼭 연락해 줘요. 근데 오빠가 준 전화번호는 가게 전화이던데. 집엔 전화 없어요?"

"응, 없어. 나 부산에서 작년 말에 올라와서 혼자 살거든. 전화 필요 없어."

"그렇구나."

약간 서운한 얼굴의 지수.

창현은 15년이나 같이 산 아내의 저 표정을 알고 있다.

지수는 가끔이라도 통화를 하고 싶은 거다.

"매주 일요일 빼곤 늘 9시부터 가게에 있어. 요즘은 개인적으로 할 게 있어서 밤 10시까지 있는 경우도 많으니까 언제든 전화해."

지수의 얼굴이 좀 나아진다. 창현이 말을 덧붙였다.

"그래도 오후 6시까진 근무 시간이니까 전화하지 말고."

"알았어요, 오빠. 근데 일요일엔 쉬어요?"

"응, 그래서 오늘 왔잖아."

"아, 오늘 일요일이지. 그럼 다음 주는?"

"……."

다음 주 일요일에 만나지 않을래요? 그런 질문이겠지. 창현은 그런 지수를 가만히 바라보다 고개를 저었다.

"다음주 일요일엔 세션 일이 있어서 다른 스튜디오 가서 일해."

"아, 그렇구나."

아무렇지 않은 척하고 있지만 분명히 지금 서운해하고 있다. 하지만 이제 더는 안 된다. 전생과 다른 삶을 살고 있다지만 자신은 아직 아무것도 이룬 것이 없다.

어쩌면 전생과 같은 현생을 살게 될지도 모르는 불안정한 삶. 또 자신의 이런 삶에 아내를 끌어들일 수는 없다.

"지수야."

"네."

"내가 관상을 좀 볼 줄 아는데."

"관상? 갑자기?"

"응, 어디 보자."

창현이 관상을 보는 척하며 지수의 얼굴을 빤히 본다.

부끄러워서, 민망해서 힐끔거리기만 했던 아내 얼굴을 자세히 보니 기분이 무척 좋다.

"지수는…… 서른 전에 결혼하면 큰일 나겠다."

"에? 왜요?"

"너 서른 전에 결혼하면 패가망신할 관상이네."

"헉! 정말?"

"어, 그러니까 꼭 서른 넘어서 결혼해."

"진짜로?"

"어, 진짜."

네가 서른이 되기 전에 성공해서 돌아올게. 그때까지 기다려 줘. 그 말을 이렇게 해본다. 물론 인생이란 것이 그리 되지 않을 가능성이 높지만.

버스가 조금만 더 늦게 오길 바랐지만 오늘따라 저놈의 버스가 빨리도 온다.

아쉬운 마음에 다시 한번 지수에게 손을 흔들어주고 버스에 타서도 창문 안에서 지수를 빤히 보았다. 지수도 가지 않고 버스가 시야에서 사라질 때까지 바라봐 준다.

내 아내는 원래부터 저런 따뜻한 사람이었다.

버스 맨 뒷자리에 앉아 뒤의 창문으로 개미처럼 작아지는 지수의 모습이 보이지 않을 때까지 바라보던 창현은 아쉬움과 후련함을 동시에 느꼈다.

자그마한 빚을 하나 갚은 기분이 들었기 때문이다.

만약 아내가 정말 자신의 말을 듣고 기다려 준다면 그때는.

그때는 꼭.

"엄마, 씨X! 아기 동자가 또 맞혔다!"

성규 녀석과 늘 만나는 삼겹살 집에서 함께 보는 가요톱10. 이번 주 1위로 변진섭이란 이름이 호명되자, 다리를 꼬고 있던 성규 녀석이 펄쩍 뛴다.

"진짜로, 진짜로 또 맞힌다고? 이 새끼 정말 아기 동자 신이 들린 거 아냐? 미친!"

창현은 말없이 소주를 마시며 웃었다.

변진섭이 정말 1위를 한 것보다 지난 몇 달간 한 주에 두 번 정도 지수와 통화를 한 것이 더 기분 좋다.

그래 봐야 안부 전화 정도이다. 장모님 건강에 대해 알려주겠다는 핑계로 화요일과 금요일 오후 6시 이후에 가게로 전화를 거는 지수.

이젠 창현도 그날이 되면 전화기 앞에서 전화를 기다린다.

성규는 창현의 속내도 모르고 소주를 글라스에 콸콸 부어 한 방에 다 마신 후 소매로 입을 닦으며 말했다.

"야, 진짜 나 제자로 어떻게 좀 안되겠냐?"

"신 내린 거 아니라고, 인마."

"아닌데 저걸 어떻게 맞혀? 말이 돼?"

"어, 말이 돼."

"그럼 저거 몇 주나 갈 거 같은데?"

"5주."

"씨X, 골든 디스크 받는다고?"

"어, 확실해."

"울 아부지 돈 방석에 앉겠네."

"아버지한테 좀 잘해라. 나중에 재산 물려받으려면."

"지랄, 나 외아들이라 어차피 나한테 와, 새끼야."

"사회 환원 하고 돌아가시는 분도 많다?"

"……헉."

"그러니까 잘해, 새끼야."

얼굴이 굳어진 성규를 놀리는 맛이 있다. 성규는 혼자 눈알을 뒤룩뒤룩 굴리다 말했다.

"야."

"어."

"꼰대가 쉬는 날 집에 좀 오란다."

"어, 일요일 점심 때쯤 갈게."

"왜 부르는지 안 묻냐?"

"변진섭 때문 아냐?"

성규가 씩 웃으며 검지를 까딱인다.

"아니?"
"그럼 왜?"
"꼰대가 방법을 찾았다고 했어."
"뭔 방법?"
성규가 엄지를 들었다가 검지로 창현을 가리키며 말했다.
"아기 동자를 미국에 보낼 방법."

5장
민물 장어의 꿈(1)

일요일, 박영식의 저택 앞에서 담배 한 대를 태우던 창현이 꽁초를 비벼 끈다.

'날 미국에 보낼 방법이 있다고?'

어떻게? 그동안 안 써본 수가 없었다.

여행사를 끼고 비자 요청을 하면 좀 쉽다고 하기에 돈을 써서 해보려고 했더니 여행만 가능한 단기 비자만 나온단다.

영주권이 있는 이가 초청을 해주면 쉽다고 하기에 알아봤더니 그건 가족만 가능하단다.

주한미대사관에 비자 발급 절차를 받으러 다니다, 반미주의자가 될 판이다.

이런 와중에 성규 아버님이 방법을 마련해 주셨다고 하니 반갑지 않을 수가 없다.

설마 친구 아버님이 밀입국을 시키지는 않겠지.

'이 무렵이면 불법체류자로 4년 6개월을 버티면 구제 프로그램으로 영주권을 발급받을 수 있긴 했지.'

이 점을 이용해 미국으로 밀입국하는 이가 많던 시절이었다.

겨울에 만나, 봄과 여름을 지나고 가을까지 인연을 지속해 온 박영식을 만나러 온 창현은 옷을 펄럭여 담배 냄새를 털어낸 후 벨을 눌렀다.

잠시 후, 박영식에게 절을 올리고 마주 앉은 창현.

박영식이 물끄러미 창현을 바라보았다.

"변진섭이 이번 주도 1위를 했다고 하더군."

"예, 아버님. 앨범 판매고도 100만장을 넘었다고 합니다."

또 한 주가 지나며 변진섭의 '너에게로 또 다시'는 2주 연속 1위를 했다. 박영식이 양반다리를 하고 앉은 무릎 위에 팔꿈치를 대고 턱을 괸다.

"성규 놈 말로는 자네가 변진섭이 골든 디스크를 받을 거라 했다고?"

"예, 아버님."

"확신하는가?"

"예."

이런 이야기는 단호하게 할수록 신뢰가 생긴다. 그래서 가타부타 보탬 없이 딱 대답만 하고 박영식의 눈길을 피하지 않았다. 그는 창현을 한참 바라보다 한숨을 쉰다.

"이거 원, 계속해서 결과를 내니 안 믿을 수도 없는 노릇이군그래."

"거기서 안 멈출 겁니다."

박영식이 멈칫한다.

"무슨 말이지?"

"그 앨범에는 좋은 곡이 많았습니다. 한 앨범에서 메가히트 하는 곡이 여럿 나올 겁니다."

"……."

박영식은 창현을 가만히 바라보다 물었다.

"다른 곡도 또 1위를 한다는 건가?"

당연하지.

음악 방송에서 '너에게로 또 다시'와 '희망사항'이 동시에 1위 후보가 되는 날이 오니까.

"예, 그렇습니다."

"흠."

박영식이 손가락으로 제 무릎을 두드리다 말했다.

"첫 투자 정산은 올 12월일세."

지금은 10월이다. 앞으로 두 달 남았다.

"예, 아버님."

"만약 앨범 판매고가 150만 장을 넘어선다면 자넨 투자 금액의 2.5배 이상을 받게 될 거야."

200만 원 넣었으니 딱 500만 원이네.

잠깐만, 그럼 성규 아버님은 얼마를 번다는 거야? 엄청 이득 보셨겠구나.

박영식은 투자 수익이 2.5배에 달한다는 이야기를 듣고도 별로 놀라지 않는 창현을 보며 헛웃음을 지었다.

“500만 원이면 스물셋의 나이에 눈이 돌아갈 돈인데. 자네는 배포가 어지간히 큰 모양이군그래.”

“확신이 있었기 때문입니다.”

“그래, 좋아. 내 이젠 자네를 믿어주지. 자, 그럼 묻겠네.”

묻겠네? 뭘 묻는다는 거지?

“예, 아버님. 경청하겠습니다.”

“자네의 그 귀 말인데.”

“예, 아버님.”

“국내 음악에 한정된 귀인가?”

“…….”

국내 음악에 한정돼? 아, 무슨 말인지 알겠다.

“아닙니다, 아버님. 팝 음악도 마찬가지입니다.”

“하지만 정보가 없겠지. 미국 어느 구석에서 제작되고 있는 음반 정보를 미리 알 수 있을 리가 없으니 말이야.”

“…….”

아닌데. 다 알고 있는데.

그렇지만 생각해 보니 그 정보까지 안다고 하면 문제가 될 수 있겠다. 진짜 무당이라고 생각할 수도 있고.

"아무래도 그렇습니다."

박영식이 창현을 지그시 바라보며 말했다.

"두 번의 투자. 단 두 번뿐이지만 자네는 내게 가능성을 보여주었어."

"감사합니다, 아버님."

박영식은 말없이 서류 한 장을 꺼내 내밀었다. 영어로 된 미국 문서다.

"영어는 하는가?"

"미국인과 소통에 문제는 없습니다."

"허, 거 참. 준비가 아주 철저하네."

창현은 박영식이 내민 서류를 보다 미간을 좁혔다.

"투자 이민?"

박영식이 혀를 차며 말했다.

"자네에게 부탁하고 싶은 것이 있네."

뭐냐, 이게. 갑자기 투자 이민 문서는 뭐고, 또 부탁할 건 뭐지?

의문스러운 얼굴이 된 창현과 눈을 맞춘 박영식이 말했다.

"내 아들 놈이지만 참 한심해서 말이야. 자네가 좀 데리고 다녀주겠나?"

"예?"

뭔 소리야, 이게. 성규와 같이 음악 하라는 건가? 이건 거절해야 된다. 앞으로 나아갈 곳은 훨씬 더 높은 곳이다.

성규 실력으로는 어림도 없다.

하지만 박영식은 창현의 예상을 깨는 답을 내어놓는다.

“그 문서는 투자 이민 문서이네. 50만 달러를 투자할 경우 직원 10명까지 임시 영주권을 부여하지. 물론 2년 후에 재심사를 받아 문제가 있을 경우 추방 조치 되지만 말이네.”

“아.”

창현은 걱정했던 것과 다른 말에 바로 그의 말을 이해했다.

“미국에 투자회사를 설립하시는 겁니까?”

“허허, 머리 회전이 빠른 친구네 그려. 그렇네, 대표 이사는 내 아들인 성규에게 맡길 생각이고.”

그러니까 미국에 투자 회사를 설립하며 투자 이민으로 영주권 자격을 얻어줄 테니 성규를 필두로 한 투자 회사에서 일해달라는 것이로구나.

박영식이 말을 보탠다.

“자네가 해줘야 할 일은 다른 직원과 다르네. 지금처럼 자네 할 일을 하면서 투자 가치가 있는 가수나 앨범을 말해주면 되는 것일세. 나머지는 성규와 직원들이 결정할 일이고.”

전생에 성규는 차량 문짝 공장 사장이었는데. 이번 생은 달라지겠구나.

가만있어 봐, 임시 영주권이면 체류 기간이 없는 거 아냐? 2년 후에 재심사를 한다고 해도 꾸준히 투자 수익을 내면 심사 통과는 당연한 것이고. 됐다, 이거면 됐다.

창현이 넙죽 허리를 숙였다.

"신경 써주셔서 감사합니다, 아버님. 실망시키지 않겠습니다."

"음, 50만 달러는 내 입장에서도 큰돈이네. 부디 성규 녀석을 잘 이끌어주게."

"믿음에 보답하겠습니다, 아버님."

창현은 이제 볼일 끝났다는 듯 다시 신문을 펼쳐 드는 박영식에게 다시 한번 질문을 던졌다.

"저기 아버님."

"음?"

"투자 이민이면 미국이 정한 20개 지역에 한한 것 아닙니까?"

"허? 자네, 그런 것도 아는가?"

"신문에서 봤습니다."

"쯧쯧, 내 아들 놈은 신문지로 똥이나 닦는데."

"혹시 이미 회사를 설립할 지역을 물색하신 겁니까?"

"아직 아니네. 이미 허가는 받았으니 현지인을 통해 건물을 알아보고 있지."

"혹시 미국이 허가한 지역 중에 시애틀이 있습니까?"

"음, 있지. 2차 대전 후로 일본인들이 추방당하면서 경제 지수가 최악을 기록하고 있는 도시이니 당연히 도시재

건정책을 진행 중이니까. 제조업을 우선으로 받고 있다 들었네.”

됐다, 있구나.

“그럼 거긴 어떻습니까?”

“시애틀 말인가? 인구가 10만도 채 안 되는 작은 도시인데.”

시애틀은 1890년대 초만 해도 인구 4만이 안 되는 도시였다. 하지만 무섭게 성장하며 미국에서 네 번째로 큰 도시가 되는 곳이다.

“예, 하지만 발전 가능성은 농후합니다. 말씀하신 것처럼 미국도 정부 차원에서 밀어주고 있고요.”

“음, 그건 그런데. 왜, 자네가 할 일이 그쪽에 있나?”

“예, 아버님.”

당연하지. 시애틀에서 번져가는 1990년대 음악의 돌풍을 몸소 겪은 사람인데. 박영식이 까칠한 턱을 쓰다듬다가 말했다.

“알겠네, 그렇게 하지.”

“감사합니다, 아버님.”

성규의 방.

넋이 나간 얼굴이 된 성규가 제 얼굴을 가리키며 묻는다.

"나 미국 가?"

헐, 대단한 아버지다 정말. 아들과 이야기도 안 된 모양이구나. 이건 아들 입장에선 부모에게 휘둘리는 기분이 들 것이다. 좀 좋게 포장해서 말해주자.

"어, 아버님이 널 많이 믿으시나 보다. 50만 달러나 되는 사업체를 맡기신다니."

성규는 멍한 얼굴로 되물었다.

"50만 달러?"

"어, 너 미국에 설립하는 투자 회사 대표로 가는 거래."

"대표?"

"어."

"대표 이사? 사장님 말하는 거야?"

"어, 그렇다니까? 나 이제 네 밑에 직원이다?"

"헐? 진짜?"

"어, 아버님이 널 안 믿으셨다면 덜컥 이런 걸 맡기시겠냐?"

단순한 성규.

좀 전까지만 해도 황당하고 기분 나쁜 얼굴이었지만 말 몇 마디로 금세 기분이 좋아진다.

"으허허, 나 사장님 되는 거야? 그것도 미국에서?"

"어, 그렇다니까?"

"하하! 꼰대 없는 미국에서 사장한다고? 아싸!"

"……."

그게 좋은 거였냐, 이놈아?

미국에 간다는 소식이 알려지자 정 사장은 크게 기뻐해 줬다.

그러곤 창현의 기타 세션을 바라는 사람들에게 이를 알렸는데, 이것이 또 호재가 되었는지 미국까지 가서 음악을 하려 하는 뮤지션의 세션을 받으려 한정된 시간에 줄을 선 이가 한가득이다.

"창현아, 오전이 한 프로, 오후에 세 프로다. 알지?"

"예, 사장님."

창현의 세션 비용이 또 올랐다. 이제 6만 원. 탑급의 세션 주자와 거의 엇비슷한 가격까지 올랐지만 여전히 예약은 꽉 차 있다.

미국에 가는 날까지 매일 세 프로 이상의 예약이 잡혀 있다. 이대로 간다면 미국에 가기 전까지 세션과 스튜디오 월급만으로 500만 원을 채울 기세다.

뭐 어차피 성규 아버님이 성규와 함께 지낼 숙소도 구해주신다니 돈 걱정은 좀 넣어둬도 괜찮을 것 같다.

마침내 두 달이 지나고, 김포 공항.

짐이라고 해봐야 옷가지밖에 없는 창현은 자신과 비슷한 짐만 들고 있는 성규를 보며 놀랐다.

"뭐야, 짐 그거밖에 없어?"

"너도 비슷하네, 뭘."

"네가 나냐? 가진 것도 많은 놈이."

"인마, 미국 가서 사면 되지."

"와, 돈 많은 집안 자손 하는 말 좀 보소."

"흐흐."

"다른 직원들은?"

"그저께 먼저 갔지. 사무실 정리해야 되는데."

"시애틀 어디야?"

"벨 타운 근처."

음, 왜 물었지? 들어도 어딘지 모르는데.

성규가 씩 웃으며 말했다.

"먼저 간 직원이 사진 보내줬는데 사무실에서 바다 보인다? 멋지지 않냐?"

"오!"

시애틀이 바다 근처였구나, 전혀 몰랐다. 하긴 전생에도 해외 여행을 못 가봤는데 알 리가 없지.

성규가 투자 이민 관련 서류 뭉치를 꺼낸다.

"씨X, 뭔 놈의 서류가 4㎏이나 나가더라."

이 시대는 저랬다. 모든 것을 종이 서류로 해결하던 시절이니까.

성규는 두 달간 영어 회화를 배웠다. 달랑 두 달 배워선 가서 한마디도 못 하겠지만 그래도 괜찮다. 사는 곳이 미국이면 원래 금세 영어 듣는 귀가 뚫리는 법.

성규처럼 활발한 성격의 놈이라면 금방 친구도 사귀고 영어도 쑥쑥 늘 것이 자명하다.

공항 밖에서 담배를 태우며 미국에 간 이후의 생활에 대해 이야기하던 성규가 어느 순간 옆구리를 툭 찌르며 말했다.

"야."

"왜?"

"네, 손님."

"응?"

고개를 돌린 창현의 눈에 장모님 손을 잡고 공항에 배웅 나온 지수의 얼굴이 보인다.

이제 이별을 고할 때다.

그러나 이 이별이 영원하지 않기를 빈다.

부디 다시 그녀를 지켜줄 수 있기를 빈다.

시애틀 직항 노선이 없어 두 번이나 경유하는 동안 날이 바뀌었다.

무려 1박 2일의 비행. 중간에 내린 경유 공항 바닥에 짐 가방을 깔고 앉아 잠을 자고, 마지막 비행을 하기 위한 비행기에 오르자, 성규 녀석이 한숨을 쉰다.

“와, 무릎 결려 미치겠네. 몇 시간이나 가는 거야, 대체. 미국이 멀긴 멀구나.”

2024년에도 19시간씩 걸리던 곳이니 당연히 멀지, 이 사람아.

성규가 창현의 옆자리에 앉으며 물었다.

“야, 아까 그 아가씨 누구냐?”

아가씨라는 단어 참 오랜만에 들어본다.

“내가 사랑했던 사람.”

“헐? 연애했었어? 난 왜 몰랐지?”

당연히 모르지, 인마. 전생에서 한 건데. 성규가 팔짱을 끼고 물었다.

“근데 ‘사랑했던’ 사람이면 전 여자 친구라는 건데. 왜 헤어진 여자가 제 엄마까지 데려와서 배웅을 해?”

“…….”

상상해 본 적이 있다. 지수나 장모님께 미국에 간다는 이야기를 미리 드렸기에 이별을 어찌해야 할지에 대해서.

하지만 서로 사랑하는 사이로 발전한 건 아니다 보니 비교적 담백하게 이별할 수 있을 거라고 생각했다.

지금 지수와 장모님이 자신을 배웅 나온 것은 어디까지나 은인으로 생각하기 때문이니까.

하지만 이상하게도.

지수는 울었다. 아주 슬프게.

참 이상했다. 지수는 왜 울었을까?

지수가 우니 자신도 눈물이 나왔다.

하지만 자신까지 울면 지수가 더욱 서럽게 울까 싶어 필사적으로 눈물을 참고 가서 꼭 연락하겠다는 간단한 말만 남기고 돌아섰다.

장모님은 직접 담근 김치를 선물해 주셨다. 이거면 미국 가서 한동안 한국 음식 생각은 안 나겠지.

"어, 친해서 그래."

"이야, 미국 간다고 노래를 부르더니 연애도 완전 아메리카 스타일로 하셨어? 전 여자 친구가 공항 배웅 나와서 울다니. 난 헤어진 여자 친구 쌩 까는데. 야, 미국 놈들은 진짜 헤어져도 친구로 지낸다며? 그거 진짜일까?"

"어, 진짜야. 근데 모두가 그러는 건 아니고."

"워, 난 도무지 이해가 안 가네. 어떻게 그러지?"

전 남편과도 친구로 지내는 나라인데 뭘.

성규가 워크맨을 꺼내 들며 손을 내민다.

"야, 줘봐."

"뭘?"

"내가 모를 줄 아냐?"

"뭐 말하는 거야?"

"데모 테이프."

"……."

이 새끼. 어떻게 알았지?

성규가 히죽 웃으며 말했다.

"정 사장 그 아저씨, 우리 꼰대와 친해. 네놈이 미국 레코드사에 보낼 데모 테이프 제작하고 있다는 건 이미 다 알고 있다 이 말씀. 내가 네 친구인데 응당 내가 먼저 들어야지, 새끼야."

다 알고 있었구나. 아직 사장님께도 안 들려준 건데.

창현이 입맛을 다시며 복사해 둔 몇 개의 테이프 중 하나를 꺼내 내밀었다.

"근데 네가 듣는다고 아냐? 스래시 메탈밖에 안 듣는 놈이."

"응? 메탈 아냐?"

"아닌데."

"그럼?"

"얼…… 아니, 그냥 록."

아직 얼터네티브라는 말이 장르가 되지 않은 시대이니 그리 말할 순 없지.

성규가 워크맨에 테이프를 꽂으며 말했다.

"근데 이거 연주는 누가 했냐?"

"세컨드 기타와 노래는 내가, 나머지는 세션."

"오, 스튜디오에서 일하다 안면 튼 세션?"

"어, 실력 괜찮더라."

"괜찮으니 세션 하지, 이놈아."

이어폰을 끼고 재생 버튼을 누른 성규는 처음엔 표정이 괴이했다. 이게 대체 무슨 음악이야? 하는 얼굴.

하지만 녀석의 얼굴은 금세 펴졌다. 중간부턴 고개와 발을 까딱이더니, 점점 눈이 커진다. 그러곤 옆자리 창현을 뚫어지게 바라보고 있다.

세 곡의 노래. 약 14분에 걸친 음악을 모두 들은 성규는 내내 창현의 얼굴만 뚫어지게 본다. 처음엔 신경만 쓰이다가 나중엔 짜증이 난 창현이 성규의 볼을 밀어내며 말했다.

"인마, 사람 얼굴을 그렇게 보는 건 예의가 아니라고."

"야, 씨X. 너 대체 정체가 뭐냐?"

이어폰을 거칠게 뜯어낸 성규가 다짜고짜 따진다.

"내가 뭘?"

이어폰 끄트머리를 잡고 마구 흔드는 성규가 버럭 소리를 지른다.

"이 새끼야! 이거 진짜 네가 만든 곡이냐고!"

조용한 비행기에서 소리를 지르니 사람들의 시선이 집중된다. 멀리 있던 외국인 승무원까지 이쪽을 주시하는 걸

본 창현이 고개를 숙이며 소곤댄다.

"미친놈아, 조용히 말해. 여기 비행기다."

"아, 미안."

성규가 손을 들고 수줍게 말한다.

"Sorry, I'm so Sorry."

인상을 쓰는 외국인들에게 거듭 손을 들어 보인 성규가 고개를 납작 숙이며 물었다.

"야, 이거 진짜 네가 만든 거야?"

"그렇다고."

"미친, 근데 왜 우리 밴드 할 때는 카피했냐? 곡을 이렇게 쓸 줄 아는 놈이."

"어…… 뭐, 그냥. 그때는 그게 하고 싶어서."

"와, 재능 낭비를 하고 앉았네. 야, 근데 너 작곡할 때 tab 악보 만들었지?"

"어."

"드럼, 베이스는?"

"만들어서 세션 줬으니까 녹음을 했지, 인마."

"너 베이스 칠 줄 알아?"

"……."

"마약 하다 빵에 간 진욱이 새끼 말로는 너 베이스 못 다룬다고 하던데?"

음, 이때는 못 다뤘지. 베이스도 드럼도. 오래 음악을 하면서 조금씩 배운 거다.

"뭐, 기타 종류는 원래 일맥상통하는 게 있으니까. 솔직히 내 테이프에 있는 베이스는 그냥 코드만 때려주는 수준이니까. 나도 그 정도는 해."

"아니던데? 베이스 리프 나오는 부분은 뭐야, 그럼?"

"기타 솔로 치듯이 했지. 그만 물어, 새끼야."

"씨X, 그럼 드럼은?"

"……."

"아니, 드럼이 처음부터 개 난장을 지르면서 시작하던데. 너 드럼 못 치는 거 내가 다 아는데."

얼터네티브와 펑크의 특징은 기타와 베이스 쪽이 비교적 연주 난이도가 낮은 대신, 드럼의 연주 난이도는 높다는 것에 있다.

성규 녀석의 말대로 초반에 드럼이 화려한 기교의 필 인을 하는 부분이 삽입되어 있다.

"그건 그냥 드럼 세션 형이 이러면 좋겠다고 해서 들어보고 넣은 거다."

"아, 진짜? 와, 그 세션 형 누군지 몰라도 크게 되겠네."

"곡은 어때?"

성규가 이를 드러내며 엄지를 척 든다.

"좋다, 존X 좋다. 근데 요즘 유행하는 음악과는 좀 다른 것 같은데."

응, 당연하지. 지금부터 시작되어 4년 후부터 대박 나는 장르이거든. 성규가 입맛을 다시며 테이프가 도는 워크맨을 본다.

"나야 뭐 태생이 록 스타이니 당연히 좋게 들리는데. 대중들은 모르겠네."

"네가 뭔 록 스타야. 너 이제 투자 기업 사장인데."

"그건 내 신체이고. 내 영혼은 영원히 록 스타다, 꼬마야."

"키도 나보다 작은 놈이 꼬마는 무슨."

"어허? 나 네 사장이야? 이거 사장한테 직원이 이래도 되는 거야?"

"……."

"하하, 농담이다, 농담."

황당한 농을 던지긴 해도 어쩐지 이 녀석과 함께 온 것이 다행이란 생각이 든다. 말 많고 활발한 성규와 함께한다면 타향살이의 외로움도 어느 정도 상쇄되겠지.

성규가 다시 들어보려는 듯 이어폰을 끼며 물었다.

"그럼 가자마자 레이블 돌면서 데모 테이프 돌리는 거냐?"

"어, 근데 우편으로 보내려고."

"왜?"

"미국은 한국과 달라. 직접 가서 빈다고 기회 주는 나라가 아니다. 오로지 실력만 보니까 직접 간다고 정성스럽게 보이지 않아."

"음, 그런가?"

"그래, 한국처럼 뒷돈 준다고 움직이는 나라가 아니거든."

2020년대엔 꿈도 못 꿀 일이지만 90년대 초만 해도 공무원 뇌물수수는 당연한 일과 같이 여겨졌었다. 잘 모르지만 미국도 아마 공무원 쪽은 비슷하지 않았을까 싶다.

하지만 음악 산업은 다르다. 뇌물 준다고 앨범 내주는 회사 따위는 존재하지 않는다.

성규가 갑자기 생각이 난 듯이 지갑을 꺼낸다.

"아, 돈 이야기 하니까 말인데, 너 환전 얼마 했냐?"

"천 달러."

"나도 그 정도이긴 한데. 괜찮을까?"

"괜히 현금 많이 지녀서 좋을 거 없으니까."

"음, 미국 물가 엄청 비싸다고 하던데."

당연히 한국에 비해서 물가는 비싸겠지. 하지만 지금 이 순간 창현을 황당하게 하는 건 환율이다.

'1달러에 708원이라니, 세상에.'

1달러에 1,327원 하던 세상에서 넘어와 그런지 새삼 환율이 놀랍다.

성규와 데모 테이프 속 노래에 대해 이야기를 나누다 보니 드디어 영영 오지 않을 것만 같던 시애틀 착륙이 이루어진다.

또 한참을 기다려 입국 심사를 마치고 공항으로 나오니, 성규 회사 직원이 나와 있다.

임시 영주권을 받으려면 회사에 소속되어야 하기에 대외적으로 창현의 직책은 사외이사. 말단 직원 입장에선 사장과 이사를 한꺼번에 마중 나온 거라 꽤 긴장한 표정이다.

새파랗게 젊은 놈이 서른 다섯은 넘어 보이는 직원 아저씨에게 무례하게 구는 건 둘 다 원치 않았기에 간단한 인사만 나누고 직접 그가 몰고 온 차에 짐을 실었다.

직원이 한사코 자신이 하겠다고 했지만 거절한 둘은 트렁크에 손수 짐을 실은 후 차에 올랐다.

운전을 하는 직원은 자신을 배진호 과장이라고 소개했다.

"안녕하십니까, 사장님, 이사님. 먼저 사무실부터 둘러본 후 숙소로 모시겠습니다."

차를 출발시키는 배진호가 밖의 전경을 보며 말했다.

"별천지 같아 보이지만 사실 뉴욕에 가보시면 여기가 얼마나 낙후된 곳인지 아실 겁니다."

전혀 별천지같이 보이지 않는다. 1989년의 시애틀은 거의 아무것도 없는 곳이었구나. 저 멀리 비행기 공장들이 보이자, 배진호가 말했다.

"보잉의 공장입니다. 대규모 해고 사태가 나서 한창 데모를 하다 지금은 잠잠해졌다고 하더군요."

성규가 멈칫하며 물었다.

"데모한다고요? 여기도 그래요? 설마 종로처럼 막 경찰이 막 최루탄 쏘고 몽둥이찜질하는 거 아니죠?"

창현이 한심한 얼굴로 말했다.

"여기가 한국이냐? 미국 경찰은 수 틀리면 바로 총부터 쏜다. 혹시나 해서 하는 말인데 차 타고 가다 경찰이 세우면 차에서 내리지 마라. 손은 핸들에 딱 올려놓고 신분증 달라고 하면 천천히 주머니에 손 넣었다가 아주 천천히 빼. 안 그럼 대가리에 총알 구멍 생기니까."

"진짜? 존X 무섭네?"

배진호가 웃으며 룸 미러로 창현을 본다.

"미국에 대해 잘 아시네요. 와보셨습니까?"

와보기는. 전생과 현생을 통틀어 처음인데. 그냥 영화를 많이 봤지.

사무실에 도착해 대강 안내를 받았다. 뭐 별건 없다. 5층 건물 중 4층만 우리가 쓰고, 직원 수는 성규와 창현을 포함해 10명. 직원 숙소는 주변 주택 몇 개를 임대해 쓴단다.

다시 숙소로 가는 길.

차로 1분도 안 걸리는 곳이라 평상시에는 걸어서 출퇴근해도 될 것 같은 가까운 곳의 주택에 도착한 성규가 차에서 내리자마자 집을 보고 기뻐한다.

"이야, 꼰대 말이 미국은 땅값이 존X 싸다고 하더니. 진짜로 그러네. 이런 집 임대하는데 고작 그 가격이라고?"

이건 창현도 좀 놀랐다.

단독 주택에 정원까지 딸린 고급 주택. 물론 미국인들 눈에도 이게 고급 주택으로 보일지는 모르겠지만 한국인 입장에선 부잣집 같아 보인다. 방은 세 개. 거실과 주방, 정원이 딸린 집이다.

안내하러 따라온 배진호가 그럼 내일 보자며 나가자, 거실의 소파에 털썩 앉은 성규가 마른세수를 하며 말했다.

"와, 엄청 피곤하네."

당연하지, 1박 2일이나 비행을 했는데.

성규가 손바닥으로 얼굴을 문지르며 말했다.

"야, 데모 테이프 다 돌리면 그 다음엔 뭐 할 거냐?"

"훔치러 가야지."

성규의 눈이 동그래진다. 소파에서 고개만 번쩍 든 녀석이 물었다.

"내가 잘못 들었나? 뭘 훔치겠다고 말한 거 맞아?"

창현이 말없이 소파에 앉아 눈을 감았다.

전설로 남는 밴드의 멤버들. 자신은 그들을 훔칠 계획이다. 그들의 팀이 결성되기 전에.

To Be Continued